아무튼, 떡볶이

아무튼, 떡볶이

요조

위고

나는 나의 방식으로 당신을 사랑해요.
그러니 보이지 않는 것을 서운해 말아요.
보이는 것에 흡족하지도 말아요.
캄캄했던 아픔과 고난을 넘어 여긴 늘
초입이에요.
언제나 다시 해야 할 시작이에요.

-이규리, 『시의 인기척』(난다, 2019) 중에서

차례

떡정, 미미네

『아무튼, 떡볶이』 계약을 위한 만남을 조소정(위고출판사 대표)과 주선 중이었다. 점심 즈음 만나 식사를 함께 하고 계약을 진행하는 것이 어떨까, 조소정이 제안했다. 나는 그것을 받아 그럼 그 식사는 떡볶이로 하자고 말했다. 떡볶이로 몸과 마음을 정결케 한 다음 떡볶이 책을 계약하는 것이다. 참으로 신성한 순서가 아닐 수 없었다. 마침 얼마 전 어떤 수모를 당하는 바람에 머릿속에서 떠나지 않는 떡볶이집이 있어 그곳에서 만나기로 했다.

수모라는 건 이런 일이었다. 허세과(기타 세션)와 서울 홍대를 걷고 있었다. 한 골목으로 들어서자마자 못 보던 떡볶이집이 바로 눈에 들어왔다.

"떡볶이 가게 생겼네."

나는 반사적으로 반가운 혼잣말을 했다. 가게 이름은 '떡볶이 정류장'이었는데 '떡' 자와 '정' 자가 유난히 크게 강조되어 있고 나머지 글자는 잘 보이지도 않을 만큼 작았다. 자연스럽게 그 가게는 '떡정'이라고 읽혔다.

'떡정*…이라니.'

허세과에게 소리죽여 물었다.

---

* 　 섹스를 하다가 들어버린 정. '몸정'이라고도 한다.

"이 떡볶이 가게 이름이… 좀 야하지 않니?"

허세과는 기겁했다.

"대체 누나 머릿속에는 뭐가 들었노. 그 안에는 음란마귀밖에 없나. 뭐 욕구불만이가 요새."

나도 덩달아 기겁했다.

"미친! '떡'하고 '정' 자만 이렇게 강조돼 있으니까 연상이 그렇게, 어 그렇게 된 거지, 여기서 욕구불만이 왜 나오는데?"

"얼마나 수시로 생각을 했으면 보자마자 아주 반사적으로 그래 되나. 대단하다 참말로."

그는 진심으로 그 가게 상호를 보면서도 아무 생각이 없었던 것처럼 보였다. 부지불식간에 그 은어를 떠올려버렸다는 게, 그걸 그냥 속으로 생각할 걸 군이 옆 사람의 동의를 구했다는 게, 내가 이토록 발랑 까졌다는 게, 온통 쑥스러워서 자꾸 자책하듯 생각을 하다 보니 그만 자연스레 '떡정'에 가고 싶은 마음이 점점 커지고 말았다.

우리는 낮 열두 시에 '떡정' 앞에서 만나기로 했다. 내가 조금 늦었다. 허세과(고상하신 기타 세션)에게 수모를 당하던 날과는 다른 쪽으로 그 골목에 들어섰다. 저 멀리 '떡정' 앞에 세 사람의 실루엣이 있었다. 자세히 보니 대표 부부와 그 두 사람이 절묘하게 섞인 강아지 같은 아이가 허공에 발차기를 하고 있었다.

"어쩌죠, 문을 안 열었네요."

조소정이 난감한 얼굴로 말했다.

"아….."

나는 가벼운 탄식을 하면서 유리문에 이마를 붙이고 내부를 들여다보았다. 쉬는 날과 오픈 시간을 미리 확인하고 잡은 약속인데 열지 않았다니. 전화까지 해볼 것을 그랬다.

"꼭 떡볶이 아니더라도, 다른 거 먹어도 좋은데요."

조소정이 내 표정을 살피며 말했다. 나는 고집을 부렸다.

"떡볶이집은 많으니까요. 슬슬 걸어가면서 생각해볼까요?"

짐짓 여유 있는 척 그들을 안내하면서 나는 서둘러 머릿속을 정신없이 돌렸다. 가만있자, 이 근처 떡볶이집이… 아, 바로 길을 건너면 '조폭 떡볶이'가 있다. 그런데 거기는 다들 새벽까지 술 마시다 마지막 코스로 가는 곳 아니던가. 낮 열두 시에 '조폭'이라니, 별로 내키지 않는다. 아주 옛날에 가봤던 '칠리

앤새사미'? 거기 즉석떡볶이도 괜찮았지. 같이 갔던 친구가 막걸리와 함께 먹으면 맛있겠다고 했더니 저 앞 편의점에서 한 병 사갖고 와서 같이 먹으라고 주인장께서 호탕하게 권하셨던 기억이 난다. 볶음밥도 맛있었고. 그치만 여기서 가려면 좀 걸어야 하는데… 아니면…. 그때 눈앞에 '미미네 떡볶이' 건물이 나타났다.

나는 뒤돌아 씨익 웃으며 말했다.

"여기 가시죠."

'미미네 떡볶이'는 이제 전 국민이 사랑하는 떡볶이 브랜드 중 하나가 된 것 같다. 나는 '미미네 떡볶이'가 홍대 보보호텔 사거리라고 불리는 곳에 작게 문을 열었던 당시에 자주 갔던 경험이 있다.* 그곳이 '미미네'의 최초일 수도 있고 아닐 수도 있다. 가게 앞에서 풍기는 맛있는 냄새에 이끌려 우연히 들어갔다가 그 뒤로 틈나는 대로 찾아가 오붓한 한 끼를 즐기곤 했다. 당시에는 직원들이 기습적으로 튀김을 하

---

* 어디선가 허세과(고결하고 고상하신 기타 세션)가 나타나 "보통 홍대 사람들은 '우리은행' 사거리라고 하는데 와 누나는 '보보호텔' 사거리라고 하는데? 머릿속에 대체 뭐가 들었노 참말로…"라고 말할 것만 같다.

나씩 주는 서비스 제도 같은 것이 있었다. 바에 앉아 직원들이 떡볶이를 만들고 튀김을 튀기는 절도 있는 모습을 물끄러미 바라보며 내 몫의 음식을 야금거리고 있으면 직원 중 누군가가 새우튀김 같은 것을 슬그머니 옆에 두고 가곤 했다. 마치 "맥주도 한잔 하셔야죠" 하고 말하듯이 말이다. 그러면 나는 화답하듯 손을 들어 생맥주 한잔을 주문하곤 했다. 그 시절 '미미네'를 자주 찾았던 단골들은 내가 그랬던 것처럼 가게 문을 열고 들어갈 때마다 '아, 오늘은 있으려나, 튀김 서비스의 행운…!' 하고 두근두근했을 거라고 확신한다. 가끔 애인을 데리고 갈 때도 있었지만 보통은 혼자 찾았다. 혼자를 위한 곳이라는 생각이 드는 공간이었다. 떡볶이 한 그릇, 생맥주 한 잔, 소담한 튀김 하나, 다정하면서도 무심한 사람들 한 명 한 명. 모든 것이 나 혼자 가만히 앉아 보기에 좋은 분량의 풍경들이었다.

그렇지만 모든 좋은 가게들의 운명이 그렇듯이 '미미네 떡볶이'는 순식간에 붐비는 공간이 됐다. 아무 때고 앉을 자리를 걱정하지 않아도 되던 공간이 운이 좋아야 앉을 수 있는 공간이 되고 말았다. 언제까지고 혼자 가만히 보기에 좋았던 그 기운은 다 사라지고 자리에 앉아도 먹자마자 일어나지 않으면 안 될 것 같은 초조의 기운이 대신 그 공간을 채웠다. 나는 특별히 작별 인사를 하지도 못한 채 그곳에 발길을 끊었고, 몰리는 사람들을 다 수용할 수 없었던 '미미네 떡볶이'는 확장 이전을 했다. 이제는 제주도에서도 '미미네 떡볶이' 매장을 볼 수 있고 마켓 컬리에서도 '미미네 떡볶이'를 판다. 어디서건 수월하고 간편하게 '미미네 떡볶이'를 먹을 수 있다.

그러나 나는 옛날 '미미네 떡볶이'에서 가장 맛있게 먹었던 것을 이제 영원히 먹을 수 없다. '분위기' 말이다. 홀로 카페에서 커피나 차를 마시거나, 홀로 책방에서 시집을 고를 때, 혹은 홀로 술집에서 생맥주 혹은 싱글몰트 따위를 홀짝일 때, 우리는 눈에 보이지 않지만 분명 존재하는 '분위기' 하나를 같이 먹는다. 그 '분위기'를 먹으면서 간단하게 정의 내릴 수 없는 이런저런 생각이라는 것을 하거나 혹은 그 어떤 생각도 필사적으로 하지 않으며 얼마간의 시간을 보내고, 그러고 나면 우리는 어찌 됐든 결국 더욱 자신다움으로 단단해진 채 거리로 나오게 된다. 그런 경험이 과연 떡볶이집에서도 가능할까. 나는 옛날 조그맣던 '미미네 떡볶이'에서 유일하게 경험해보았다. 그리고 지금은 다시 못하고 있다. 나는 정말이지 그때의 가게가 그립다. 큼지막한 오늘날의 '미미네 떡볶이' 건물에 들어설 때마다 그런 생각을 한다. 대표 부부를 모시고 건물에 들어서면서도 나는 "정말이지 그때의 가게가 그리워요" 하고 말하고 싶었다. 그러나 대신 다른 말을 했다.*

"마늘쫑튀김이 맛있었어요, 대표님. 그거 주문해서 한번 드셔보세요."

우리는 국물떡볶이와 마늘쫑튀김을 서먹하게 먹고 나왔다. 떡볶이로 몸과 마음을 정갈하게 하네 어쩌네 했지만 막상 의식은 굉장히 싱겁게 끝났다. 포화번화한 홍대의 거리에는 한 집 건너 한 집이 카페였는데도 우리는 대체 어디로 가야 할지 몰라 우왕좌왕했다. 결국 우연히 발견한 한적한 가게에 들어가 시원한 생맥주 세 잔과 감자튀김을 주문했다. 너무 귀여워서 계속 신경 쓰였던 꼬맹이와 그제야 제대로 이야기를 나눌 수 있었다. 그는 자신의 이름은 '제하'라고 하며 다섯 살인가 여섯 살이라고 했다. 그리고 자신이 얼마나 공룡과 달리기를 사랑하는지에 대해

---

* '그립다'는 말은 내뱉고 보면 언제나 볼품없이 보이기 때문이다. 나는 '그립다'는 말을 되도록 참으려고 한다. 내 그리움을 지킨다는 마음으로 그렇게 하는 것이다.

서 본인의 탄산음료를 조금씩 마셔가면서 아주 정성을 들어 설명했다. 저자와 책을 계약하는 자리에 아들을 데리고 나와서 미안하다고 조소정은 거듭 말했다.

"저희도 이런 적이 처음이에요. 정말 죄송하게 되었습니다."

나는 그 말을 귓등으로 흘리면서 공룡의 이름을 끝도 없이 줄줄 외우는 제하(달리는 공룡박사)의 얼굴을 바라보았다. 이렇게 작은 인간의 눈동자와 입술과 손가락을 보면서 나는 귀여움의 공포에 대해서 생각했다. 나는 진짜 무서운 것은 귀여움이라고 생각한다. 그걸 이길 수 있는 건 아무것도 없기 때문이다. 악마가 시커멓고 꼬리가 길고 눈알이 빨갛고 이빨이 뾰족하기 때문에 세상이 아직 안전한 것이다. 제하 같은 애가 악마였다면 세상은 진즉에 끝났어, 그런 생각을 하면서 맥주를 벌컥벌컥 마셨다.

내 몫의 계약서와 출판사 몫의 계약서를 나란히 두고 최대한 휘갈기는 느낌으로 사인을 여러 번 했다. 모름지기 욕을 던질 때랑 사인할 때는 휘갈길 수 있을 때까지 휘갈겨야 한다고 배웠다.

헤어지기 전에 조소정은 이런 말을 했다.

"동네에 저희가 자주 가는 떡볶이집이 있어요.

나중에 제하랑 거기도 같이 가요."

떡볶이보다도 제하랑 같이 간다는 것이 좋아서 나는 사인하다 말고 고개를 번쩍 들어 반색했다.

"오, 정말 좋아요! 가게 이름이 뭐예요?"

'코펜하겐 떡볶이'*라고 했다.

---

*   나는 그 뒤로 조소정에게 종종 '스톡홀름 떡볶이'가 먹고
     싶다고 문자를 보냈다. 그러나 그는 한 번도 정정해주지
     않았다.

단란한 기쁨

백기녀(어머니)와 신중택(아버지)은 외식에 굉장히 배타적이다. 신중택은 IMF 때 시작된 사업의 몰락을 오랜 시간에 걸쳐 극복해보려다 결국 실패하고 현재는 청소 관리 노동을 하고 있는데, 그는 환갑도 지난 나이에 매일 출근하면서 학생처럼 백기녀가 싸준 도시락을 가방에 넣고 흔들흔들 들고 다닌다. 이것을 두고 신중택을 아내 혹사시키는 비정한 남편이라고 생각하면 안 된다. '내가 만든 음식이 밖에서 사 먹는 그 어떤 음식보다 건강에 좋으며 맛 역시 그러하다'는 것이 백기녀의 생각이고 신중택도 이런 아내의 의견에 진심으로 동의하기 때문에, 매일같이 도시락을 싸고 그것을 먹는 두 사람의 생활은 그저 성실한 연애 행각일 뿐이다.

나는 부모로부터 독립한 지 십 년이 넘어가는데 부모의 집에 찾아가 함께 식사를 하며 나누는 대화는 십 년 전이나 지금이나 한결같다. 이 각각의 반찬들이 얼마나 기가 막히게 맛이 좋은지 신중택(집밥 만능주의자1)이 감탄하면 이 각각의 반찬들을 직접 어떻게 키워서 어떻게 만들었는지 백기녀(집밥 만능주의자2)가 생색을 내는 식으로 대화가 진행된다. 거기서 나의 역할은 중간중간 적당한 추임새들을 넣거나 신중택이 미처 짚고 넘어가지 못한 반찬을 집어 먹으며 "내가 만들면 왜 이 맛이 안 나지"라고 말하는 것이다.

이 두 집밥만능주의자들은 1980년대, 그들이 삼십대이던 시절에는 그래도 종종 외식을 즐길 줄 아는 부부였던 것으로 나는 기억하고 있다. 당시 둘의 페이보릿 외식 메뉴는 아구탕이었다. 반면 그 시절 신수진 어린이는 경양식 돈가스에 완전히 빠져 있었다. 이 취향의 차이를 우리는 다음과 같이 해결했다.

백기녀와 신중택이 외식을 제안한다. 나는 기쁜 마음으로 두 사람의 손을 한 쪽씩 잡고 집을 나선다.

서울 미아동에서 출발한 우리는 슬슬 걸어 삼양사거리에 도착한다. 익숙하고 단란하게 어느 건물로 들어간다. 거기 2층인가 3층에 경양식 레스토랑이 있다. 어두컴컴한 구석 자리, 쿠션감 좋은 소파에 점프하듯 뛰어올라 내가 앉으면 두 사람은 입구에서 익숙하게 돈가스 하나를 주문하고 미리 계산을 마친다. 그리고 나에게 손을 흔든 뒤, 천천히 등을 돌려 어둠 속으로 사라져간다.

테이블은 아이 혼자 앉기에 지나치게 크다. 나, 신수진 어린이는 옆에서 다른 가족들이 단란하게 식사를 하거나 말거나 뻘줌함도 외로움도 쓸쓸함도 예끼 비켜라, 크림 수프가 나오자마자 후추를 골고루 뿌려 싹싹 긁어 먹는다. 케첩과 마요네즈가 섞인 소스가 묻어 나오는 단출한 샐러드도 사극사극 열심히 씹는다. 그러다 보면 돈가스가 다가온다. 이제 내 식성을 알고 계시는 아주머니는 빵으로 줄까 밥으로 줄까 묻지도 않고 알아서 밥으로 주신다. 돈가스의 바삭한 가장자리부터 야무지게 칼질해서 하나하나 데미그라스 소스에 묻혀 그렇게 옹골질 수 없게 먹는다. 마카로니와 으깬 감자, 밥은 다 먹지만 완두콩과 붉은 콩은 남긴다.

레스토랑은 다른 손님이 있건 없건 늘 조용하다. 내 맞은편 소파의 패턴을 응시하면서 돈가스마저 다 비우고 나면 아주머니가 오렌지 주스를 후식으로 가져다주신다.

주스를 마시는 잠깐의 시간 동안 나는 내가 방금 얼마나 맛있는 것을 휘몰아치듯 먹었는지 생각한다. 배 깊은 곳에 그 맛있는 것이 기분 좋게 착착 들어차 있다. 나는 적재감을 실감하며 묵직해진 움직임으로 소파에서 내려와 아주머니께 공손하게 인사를 하고 건물을 나온다.

삼양동 쪽으로 조금 걷다가 오른편으로 나 있는

좁은 골목으로 나는 익숙하게 들어선다. 거기에는 오래된 아구탕집이 있다. 마음의 준비를 조금 하고 문을 연다. 문이 열리며 소리들이 튀어나온다. 먹는 소리, 말하는 소리, 주문하는 소리, 티비 소리, 웃거나 화를 내는 소리들. 마치 탈출하는 존재들처럼 힘을 가지고 달려드는 소리들을 느끼면서 이곳에 사람이 얼마나 많은지 짐작한다. 안쪽 후끈한 공기 속에서 마주보고 앉은 신중택과 백기녀가 땀을 흘리며 아구탕을 먹고 있는 것을 발견한다. 나는 신발을 벗고 노란 장판 바닥에 앉아 있는 사람들의 등과 엉덩이를 피해가며 부모를 향해 걷는다. 누군가 다가오므로 아무 생각 없이 사람들은 나를 잠깐씩 바라본다. 그 잠깐의 주목들에 나는 그새 피로해지는 것을 느낀다.

"왔어? 맛있게 잘 먹었어? 아구탕도 더 먹어."

백기녀는 나를 옆자리에 앉히며 늘 그렇게 말하고, 나는 "응"이라고 대답은 하지만 수저를 잡는 일은 없다. 그저 맛있게 먹는 신중택과 백기녀의 얼굴을 들여다보며 가만히 앉아 있다가 두 사람이 일어날 때 같이 일어나 다시 한 쪽씩 손을 잡고 집으로 돌아온다.

어릴 적 외식의 풍경은 이런 식이었다. 늘 부모

님 두 분이서 사이좋게 뭔가를 먹었고 나는 두 사람을 구경하고 있거나, 아니면 나는 나대로 내가 먹고 싶은 것을 혼자 맛있게 먹었다. 머리를 맞대고 수저를 부딪치는 경험은 해본 적이 없었다.

그러던 어느 날의 나는 백기녀의 손을 잡고 어딘가를 걷고 있다가 백기녀에게 떡볶이가 먹고 싶다는 어필을 한다. 어떤 분식집을 지나며 내가 '떡볶이'라는 글자를 가리켰을 것이다. 백기녀는 군말 없이 분식집 안으로 나를 데려가 심드렁하게 말한다.

"얘만 먹을 거예요. 떡볶이 일인분만 주세요."

바로 쑥색 멜라민 접시에 떡볶이가 나오고 나는 순순히 먹는다. 지금 기억하기에도 맛이 좋았다.

거리는 조용했고, 햇빛이 아주 밝았다. 등을 켜 놓지 않은 분식집의 실내는 밖이 너무 밝아서 한층 더 어두웠다. 우리는 입구에서 가장 가까운 테이블에 앉았다. 백기녀는 다리를 꼬고 비스듬히 앉아 무심히 거리를 내다보며 내가 다 먹기를 기다리고 있었다. 나는 까딱거리는 백기녀의 다리 끝을 바라보면서 떡볶이를 하나하나 포크로 찍어 먹었다.

그런데 조금 뒤 백기녀가 내가 먹던 떡볶이를 잠시 물끄러미 바라보더니, 하나를 찍어 먹더니, 나에게서 포크를 빼앗아갔다. 백기녀의 얼굴이 무서워졌다.

"아줌마."

백기녀는 분식집 주인장을 찾았다.

"지금 이걸 떡볶이라고 해주신 거예요? 완전 퉁퉁 불었잖아요."

아주머니가 항의했다.

"그거 만든 지 얼마 안 된 거예요."

"이게 얼마 안 된 거예요? 지금 장난해요? 얼마나 오래됐으면 떡이 이렇게 퉁퉁 불어요? 직접 한번 드셔보세요, 이게 만든 지 얼마 안 된 떡인가. 이런 거 팔면서 바깥에 '즉석'이라고 써 붙입니까? 애만 먹는다고 하니까 이따위로 주는 거예요? 얼른 다시 해주세요. 다시 제대로 만들어주세요, 얼른!"

백기녀와 분식집 주인장이 옥신각신하는 모습을 바라보며 나는 백기녀에게 화가 나기 시작했다. 맛있게 먹고 있었는데 왜 빼앗아간 거지, 떡이 붙는다는 게 무슨 말이지, 즉석이 무슨 뜻이지, 이미 절반 정도나 먹어버렸는데 다시 해오라고 하다니, 아무리 생각해도 백기녀가 나쁜 사람이다.

분식집 주인장은 투덜거리면서 주방으로 들어갔다. 마음이 아팠다. 백기녀도 씩씩거리며 다시 내 앞에 앉았다. 화가 난 내 마음은 아랑곳하지도 않고 내 이마 위로 흘러내린 머리카락을 손으로 빗질해 넘기며 중얼거렸다.

"세상에, 너는 이렇게 퉁퉁 불은 걸 암말 안 하고 먹고 있었니, 바보같이…."

조금 뒤에, 다시 떡볶이가 한 접시 나왔다.

"너 아까 많이 먹어서 이거 다 못 먹지? 엄마랑 같이 먹자."

백기녀는 그렇게 말하고 의자를 당겨 앉아 포크를 들었다. 나도 다시 떡볶이를 포크로 찍어 먹었다.

그날 나는 맛있는 떡볶이가 있었는데 그게 사라지더니 더 맛있어져서 나오는 신기한 체험을 했다. 불은 떡과 붙지 않은 떡의 식감의 차이랄지, '즉석'의 대략적인 의미 같은 것도 어렴풋하게 알았다. 그리고 무엇보다 집 밖에서 머리를 맞대고 하나의 음식을 함께 먹는 일의 단란한 기쁨을 처음으로 맛보았다. 나는 진즉에 배가 불러왔지만 백기녀의 포크와 계속 같은 곳을 향해 돌진하며 오래오래 포크를 놓지 않았다.

어떤 인력(引力)

부산에 스케줄이 있었다. 나의 친구 생선(작가)의 책 『무엇이 되지 않더라도』 북토크 진행 일이었다.

이 일정을 팟캐스트 '책 이게 뭐라고' 식구들과의 단톡방에 이야기하자 "나도 갈래"라는 메시지가 떴다. 이혜연(팀장)의 것이었다. "부산에서 아예 1박 하고 놀자 우리"라는 그녀의 메시지가 이어지기 무섭게 부산 출신의 정예은(피디)과 문소라(과장)가 동참 의사를 밝혔다. 나라는 촉매를 통해 '부산 하루 유흥 멤버'가 결성되었다.

만나기로 약속하지 않았는데 서울역에서 행사의 주인공인 생선과 마주쳤다. 그는 어쩐 일인지 심기가 불편해 보였다. 어떤 사람의 심기는 그 영향력이 대단해서 표정이나 태도의 미묘한 변화에 따라 주변의 공기도 즉각적으로 바뀌곤 하는데 생선의 심기는 그 영향력이 거의 제로에 가깝다. 적어도 나에게는 그렇다. 뭔가 아주 못생긴 얼굴을 하고서 누군가를 기다리는 것으로 보이는 생선에게 다가가 잠깐 알은체를 나누고 "표정이 안 좋네. 무슨 일 있어?"라고 묻는 대신 "이따 봐"라고 말했다.

부산역에서 이혜연과 문소라를 만났다. 매번 팟빵 스튜디오에서 보다가 새로운 공간에서 만나니 참

어색했다.*

　"저기, 잠깐 카페에서 뭐라도 마실까요. 생선을 아까 서울역에서 만났는데 부산역에서 자기 기다려 달라고 신신당부를 하더라고요."

　내가 말했다.

　우리는 카페 안에 들어가 처음 보는 무슨무슨 라떼를 시켜보았다. 아주 맛이 없었다. 놀랍도록 맛이 없음을 즐기고 있는데 생선이 잠시 뒤 나타났다. 여전히 못생긴 얼굴이었다. 행사는 낮 두 시였고 두세 시간 정도의 여유가 있는 상황이었다.

　이혜연과 문소라는 유명하다는 물회집에서 점심을 먹을 계획이었다. 나는 물회를 한 번도 먹어본 적이 없고 딱히 좋아할 생각도 없었지만 물회 대신 이혜연과 문소라를 좋아하기 때문에 순순히 함께 물회를 먹어보기로 했다. 생선은 여전히 심기가 불편한 표정으로 본인은 물회를 먹고 싶지 않다고 말했다. 그냥 여기 좀 더 남아서 샌드위치 같은 걸로 때우고 먼저 행사장에 가 있겠다고. 서울역에서보다 그는 더 비협조적인 태도였다. 생선의 심기 불편함이 전혀 신

---

*　나는 어색한 분위기를 은근히 좋아한다. 어색함과 신선함을 잘 구분하지 못한다.

경 쓰이지 않는 것은 비단 나만의 일이 아닌 것 같았다. 그토록 툴툴거리는데도 이혜연과 문소라는 안면 근육 한 오라기 경직되는 일 없이 연신 방글거리며 그의 울상을 개의치 않았다.

우리 셋은 택시를 타고 물회집을 향해 달렸다. 택시 안에서 이혜연은 곧장 기사님에게 넉살 좋게 몇 마디 말을 걸더니 뭐라뭐라 하시는 기사님의 답변을 듣고는 깔깔 웃었다. 아무리 신이 나도 겉으로는 티가 나는 법이 없는 쑥스럼쟁이 나, 신수진도 이 건강한 탄산 같은 에너지에 동화가 되지 않을 수 없었다. 때는 지방선거 철이어서 도로마다 정당 후보들의 현수막이 걸려 있었다. 그 현수막 문구들의 위트는 서울과는 차원이 달랐다.*

정신없이 부산 정치인들의 유머 감각에 감탄하다 보니 금세 물회집에 도착했다. 이층으로 올라가 가게 안으로 들어서니 유리창 너머로 푸르게 펼쳐진 바다가 한눈에 들어왔다. 나는 말 잘 듣는 딸처럼 이혜연과 문소라 곁에 앉아서 그들이 전문가처럼 이것저것 주문하는 것을 다소곳이 지켜보았다.

---

* 가장 기억에 남는 문구는 기호 6번 이종혁 후보의 "무소식이 희소식!"이었다.

처음 먹어보는 물회는 물냉면과 비슷한 느낌이었다. 많이 남겼지만 아주 잘 먹었다는 기분으로 충만했던 식사였다. 다시 택시를 타고 행사장인 백화점에 도착했다.

대기실에 가보니 생선은 언제 왔는지 자고 있었다. 한 시간 정도의 여유가 남아 있어 나는 화장을 조금 고치고 책을 읽었다. 조금 뒤, 잠에서 깬 생선은 한결 잘생겨 보였다. 몰랐는데 오늘 행사는 그의 책으로 갖는 공식적 마지막 행사였다. 그래서인지 생선은 무대에서 유난히 절박하게 말하는 것 같았고, 했던 말을 자꾸만 반복했다. 그게 조금은 안쓰러워서 나는 계속 처음 듣는 것처럼 굴었다. 예상 시간을 훨씬 넘어 행사가 마무리되었다.

"형*, 끝나고 뭐 해?"

심기 불편을 스스로 극복하고 완전히 잘생겨진 생선이 물었다.

"나는 같이 온 팟캐스트 식구들이랑 뭐 맛있는 거 먹으려구. 형은?"

생선은 오늘 밤 아는 술집에서 팬들과 조촐하게 뒤풀이를 하겠다고 했다.

---

* 우리는 옛날부터 서로를 형이라고 불렀다.

"생각 있으면 형도 와."

생선이 말했다. 생각은 없었다. 우리는 다음을 기약했다.

바로 전날 부산에 먼저 왔다는 정예은도 때마침 합세했다. 부산에서 만나는 부산 출신 정예은은 확실히 달랐다. 자부심과 긍지로 똘똘 뭉친 얼굴에서는 어떤 멋있음이 계속해서 뿜어져 나오고 있었다. '와, 이것이 바로 나와바리의 힘….' 나는 속으로 조용히 감탄했다.

해운대 근처 호텔에 서둘러 짐을 풀고 우리는 저녁을 먹으러 청사포로 향했다. 메뉴는 조개구이였다. 그것은 아마도 나 때문이었다. 내가 조개구이라면 환장을 하고 또 아직 회를 잘 먹는 수준이 못 되어서 다들 풋내기 신수진을 배려해준 것이다. 우리는 열렬하게 먹고 마셨다. 인기가 많은 곳인지 사람들로 북새통이어서 고함을 치면서 대화해야 했는데 오히려 다행이었다. 아무리 아무리 크게 웃어도 소음 속에 웃음이 묻혀서 나는 완전히 안심하고 목이 쉴 지경으로 웃었다. 우리는 괴물처럼 먹고선 소녀 같은 얼굴로 나왔다.

가게 앞에서 빈 택시를 발견해 바로 잡아탔다.

그런데 택시가 영 골목을 빠져나가지 못했다.

"아니 왜 이렇게 차가 못 나가?"

조수석에 탄 이혜연이 차창 밖으로 목을 쭉 빼며 동태를 살폈다. 알고 보니 단순 병목현상이 아니었다. 어떤 차가 그 좁은 길에서 이기적으로 주차를 한 탓에 골목 안 차들이 이러지도 저러지도 못한 채 쩔쩔매고 있었다. 이혜연이 돌연 택시에서 내렸다. 여기서부터는 약간의 과장과 상상이 들어 있다. 왜냐하면 나는 무서워서 택시 안에서 몰래 이혜연을 훔쳐보기만 했기 때문이다.

이혜연(파이터)은 문제의 차 옆에서 양팔을 옆구리에 척 올리고 고래고래 소리를 지른다. 차 뒤통수를 탕탕 내리치면서, "여기 차주 누구야! 아니 누가 차를 이따위로 대! 여기 차주 누구야!"라고 외치는 것처럼 보인다.

문제의 차주가 등장한다. 미안하지만 그를 양아치라고 표현해도 될까. 그가 잘한 것도 없는 주제에 이혜연에게 뭐라뭐라 소리를 지르고 있었기 때문이다. 이혜연은 자기 잘못도 모른 채 적반하장을 연출하는 그 차주(양아치)에게 좀 전과는 수준이 다른 한 차원 높은 포효를 선사한다. 그녀의 두 눈이 붉게 빛난다. 결국 차주는 고분고분 차를 움직여 다시 주차

한다(대체 이혜연은 뭐라고 소리를 질렀을까).

잠시 뒤 상황을 해결한 이혜연은 다시 차에 올랐다. 좀 전까지 차 안에서 나와 함께 투덜투덜 말이 많았던 기사님은 이혜연이 조수석으로 돌아오자 입을 다물고는 우리가 내릴 때까지 숨소리조차 내지 않았다.

그 뒤로도 우리는 정예은(부산 가이드)의 리드에 발맞춰서 맥주를 마시고 동백섬을 산책했다. 글로는 다하지 못할 숨이 넘어가게 웃긴 일들이 주옥처럼 이어졌다. 그리고 나의 에너지 바는 점점 빨갛게 방전이 가까워오고 있었다.

밤이 깊었다. 우리는 해운대 근처 고급 호텔 앞에 털퍼덕 앉아 있었다. 정예은이 "자 그럼 이제…"라고 말했다. 나는 "슬슬 숙소로 돌아갈까요?"라고 이어질 말을 짐작했고 주섬주섬 숙소로 돌아갈 마음의 차비를 하고 있었다. 정예은(에너자이저1)의 이어지는 말은 다음과 같았다.

"택시 타고 광안리 해수욕장 가서 좀 더 걸을까요?"

나는 깜짝 놀랐다. 그런데 이혜연(에너자이저2)은 더 놀라운 발언을 했다.

"그러지 말구 우리 노래방 가자."

심지어 문소라(에너자이저3)는 내심 클럽에 가고 싶어 하는 눈치였다. 아까 잠시 짐 풀러 들어간 숙소에서도 "혹시 클럽에 가면 입으려고 챙겨왔는데" 하면서 노출이 강렬한 옷을 보여주었던 것이다. 그러나 다음 행선지가 클럽이 아닌 어디가 됐든 자신은 얼마든지 따라갈 준비가 되어 있다는 피곤을 모르는 눈으로 이혜연과 정예은을 번갈아 보고 있었다.

'지금… 나만 피곤한 거야?' 나는 엄청난 충격을 받았다. 그리고 충격을 받았더니 더 피곤했다.

"저, 저는 그럼 먼저 숙소로 들어갈게요…."

나는 비굴하게 말했다.

숙소로 돌아와 허우적허우적 샤워를 하고 머리에 두른 수건도 풀지 않은 채 고대로 침대 위에 뻗어버렸다. 심지어 다음 날도 나는 그들보다 늦게 일어났는데, 눈을 비비며 어제 그래서 어디를 갔는지 물었다가 또 한 번 충격을 받고 말았다. 노래방을 갈까 해변을 걸을까 하다가 그냥 둘 다 해버렸다는 것이다. 도대체 이 사람들의 에너지는 어디까지인 걸까. 나는 좀 울적해졌다.

정예은은 부산 집으로 돌아간다고 하고, 문소라는 이른 기차를 타고 먼저 서울로 올라간다고 했다.

나와 이혜연만 남았다. 정예은은 헤어지면서도 마지막까지 본인의 본분을 잊지 않았다.

"다른 거 드시지 마세요! 해운대 앞에 '원조전복죽집' 있어요. 그거 드세요!"

우리는 순순히 그녀의 말을 따랐다.

이혜연은 차분했다. 그녀의 스태미나를 봤을 때 어제의 여흥 때문에 피로할 리는 없다. 그저 나의 울적함에 전도된 것이리라. 나는 늘 주변을 울적하게 만든다. 우리는 쓸쓸한 이야기를 나누면서 전복죽을 엄청 맛있게 먹었다. 그리고 기차를 타고 서울로 올라가기 전까지 뭘 하면서 시간을 보낼지 궁리했다.

내가 어젯밤에 돌았던 동백섬을 다시 한번 가보자고 했다. 낮에 보는 동백섬은 또 다른 매력이 있을 것 같다고. 우리는 전날 코스와 반대 방향으로 동백섬을 돌았다. 어젯밤에는 낭만적이고 조금은 끈적한 길이었는데 낮에 보니 화창하고 튼튼해 보였다. 동백섬을 충분히 돌고 근처 카페에서 커피를 마셨는데도 시간이 남았다.

그러다 국제시장을 떠올린 것은 나였다. 국제시장의 빈티지 옷들을 구경하다가 바로 부산역으로 이동하면 적당할 듯싶었다. 우리는 바로 택시를 타고 국제시장 빈티지 옷 거리로 향했다.

"여기는 이렇게 옷들을 바닥에 쌓아놓고 천 원, 이천 원에도 팔아요."

국제시장은 처음이라는 이혜연을 이끌며 나는 어쭙잖게 아는 척을 했다. 내가 가지고 있는 옷들 중에는 이 거리에서 산 옷들이 제법 많다. 워낙 빈티지를 좋아해 부산에 오면 무조건 들르곤 하는 시장인데, 이렇게 다른 사람에게 소개를 하려니 조금 긴장이 되었다. 게다가 우리 둘의 패션 취향도 꽤 다른 편이라 나에게는 아이템의 보고 같은 이 거리의 옷들이 이혜연의 눈에는 지나치게 후줄근하게 보일 수도 있겠다는 생각이 들었다. '여기 말고 다른 곳에 갈 걸 그랬나' 하고 그때는 잠깐 후회를 했지만, 이제 와서 돌이켜보면 그때 우리가 그곳에 간 것은 내 의지 때문이 아니라 어떤 인력(引力)이 작용했기 때문이었던 것 같다. 왜냐하면 나는 거기서 이혜연과 똑같은 영혼을 가진 사람을 만났기 때문이다.

빈티지 옷들이 즐비한 거리를 오가며 그닥 적극성을 보이지 않던 이혜연이 유독 어느 가게 앞에 놓인 천 원짜리 물건들에 관심을 보이며 오래 머물러 있었다. 옆에서 그녀를 기다리다가 가게 안으로 쑥 들어가보았더니, 거기에 이혜연과 똑같은 그녀가 있었다. 편의상 그분을 '부산 이혜연'이라고 불러보겠다. 그 가게 안에는 '부산 이혜연'과 그녀가 '엄마'라고 부르는 사장님, 이렇게 두 사람이 앉아 있었다. 들어서는 나를 두 사람은 빤히 바라보았다. 이윽고 사장님이 말씀하셨다.

"역시 여자는 말라야 돼."

옆에서 '부산 이혜연'이 쾌활하게 맞장구쳤다.

"저 찢어진 청바지, 저런 것도 말라야 어울린다 아이가, 엄마."

나는 머쓱해서 청바지의 구멍 난 부분을 만지작거렸다. 조금 뒤에 이혜연이 가게 안으로 따라 들어섰다. 사장님이 말씀하셨다.

"역시 여자는 키가 커야 돼."

옆에서 '부산 이혜연'이 말했다.

"내는 키도 작고, 살도 찌고, 이 살 언제 다 빼노."

나를 따라 차분해져 있던 이혜연은 자신과 비슷한 사람 앞에서 갑자기 활력을 되찾았다.

"어머, 아니에요! 진짜 지금 너무 보기 좋으세요, 가슴도 크시구!"

나도 옆에서 동의했다.

"맞아요."

내가 그 안의 옷들을 둘러보는 동안 이혜연은 '부산 이혜연'과 몇 마디를 나누는 것 같았다. 몇 분 되지도 않았는데 그들은 뭔가 끈끈한 교감을 주고받은 것처럼 보였다.

가게에서 나온 뒤에도 우리는 그 일대를 조금 더 돌아보았다. 슬슬 기차를 탈 시간이 가까워오고 있었다. 이혜연이 말했다.

"기차 타기 전에 우리 간단하게 먹고 갈까요? 떡볶이나 뭐."

"네, 좋아요."

나는 말했다. "여기 골목마다 이것저것 길거리에서 많이 팔더라고요"라고 뒤이어 말했지만 솔직히 찾을 엄두는 나지 않았다. 그때 구원처럼 길 위에서 다시 맞닥뜨렸다, '부산 이혜연'을.

'부산 이혜연'은 아까 그 옷가게에서 산 옷인지 엄청 화려한 옷에 아찔한 하이힐을 신고 있었다. 순간적으로 비욘세처럼 보였다. 이혜연이 반색하며 말했다.

"어머 언니, 여기서 또 만나네! 우리 인제 기차 타기 전에 뭐 간단히 먹구 서울 가려고요. 떡볶이 같은 거요."

그러자 '부산 이혜연'은 눈을 반짝였다.

"떡볶이?"

"네, 이 근처에서 먹고 가보려고요."

내가 말했다. '부산 이혜연'은 떡볶이를 먹으려면 깡통시장으로 가야 한다고 했다.

"깡통시장요?"

이혜연은 그게 뭐냐는 표정을 지었다. '부산 이혜연'은 이혜연을 물끄러미 바라보다가 짧게 대꾸했다.

"안 되겠다, 따라오이소."

갑자기 '부산 이혜연'은 엄청난 스피드로 걷기 시작했다. 나와 이혜연은 바쁘게 뒤를 쫓았다. 우리만 그녀를 쫓는 게 아니었다. '부산 이혜연'과 어딘가를 같이 가는 중이었던 듯한 남성분(남자친구이거나 남편)이 전날 생선의 표정과 비슷한 뚱한 표정으로 못마땅하게 우리를 따라오고 있었다.

그나저나 엄청난 힐을 신고 어떻게 저렇게 빨리 성큼성큼 걸을 수 있을까. 까딱하면 놓칠 것 같아서 아찔한 굽 끝에 시선을 고정한 채 맞은편의 인파를 헤치면서 열심히 '부산 이혜연'을 따라갔다. 땀이 나도록 걸어서 국제시장 옆에 있는 깡통시장의 어느 골목으로 우리를 데려간 '부산 이혜연'은 어떤 가게 앞에

우뚝 섰다.

"언니. 여기 서울에서 오신 분들인데 삼천 원어치만."

나는 헉헉 숨을 몰아쉬면서도 눈으로는 조리되고 있는 철판 안을 재빨리 들여다보았다. 솔직히 말하자면, 이렇게까지 올 필요가 없어 보이는 정말 초라하기 그지없는 그림이었다.

아주머니는 "응" 하더니 그 초라한 철판 안을 국자로 슬슬 몇 번 젓고 떡 몇 조각과 오뎅을 그릇에 담아주었다. 떡은 가래떡이었고 길이가 몽당했다. 양념이 굉장히 붉어서 입에 넣는 순간 아주 매울 것 같았다.

"정말 감사합니다. 잘 먹겠습니다."

나는 인사하고 이쑤시개로 하나를 집어 한 입 베어 물었다. 그리고… 천천히 이혜연을 바라보았다. 그녀도 똑같은 눈으로 나를 보고 있었다.

'이거… 뭐야?'

색깔에서 연상되는 강렬한 매운 기운은 전혀 없었다. 양념은 정 많은 사람처럼 진득하고 달큰했다. 다만 아주 깊은 심연에서 "얼마든지 너네를 보내버릴 수 있지만 참겠어"라고 말하는 듯한 매운 기운이 있었다. 결코 먹는 이를 공격하지 않았으나 먹는 사람은 절로 알아서 제압이 되어버리고 마는 매운 맛이었다.

이혜연과 나는 이 맛있음은 도대체 무엇인지, 어처구니없을 때 내는 감탄사를 번갈아 내뱉으며 삼천 원어치의 떡볶이를 정신없이 없애버리고 조금만 더 달라고 부탁했다.

그동안 '부산 이혜연'은 오뎅 꼬치를 하나 뽑아 먹으면서 옆에서 우리를 흡족하게 바라보고 있었다. 뾰루퉁하게 우리를 따라왔던 아저씨는 우리가 '부산 이혜연'을 바라보는 경외의 눈빛을 보더니 어느새 낯빛에 자부심이 가득했다.

우리가 먹은 이 떡볶이에 대해 찬양하는 시간을 '부산 이혜연'과 충분히 나누고 싶었지만 그럴 여유가 없었다. 기차 출발 시간이 삼십 분도 남지 않았던 것이다. 마지막 떡볶이를 채 삼키지도 못하고 볼이 불룩한 채로 큰길을 향해 달리기 시작했다. 촌각을 다투는 그 틈에도 '부산 이혜연'은 떡볶이 가게 옆 음료를 파는 할머니에게서 식혜가 담긴 종이컵 두 잔을 받아 우리에게 쥐여주었다. 식혜를 흘리지 않도록 잡고 달리는 게 쉽지 않아 내가 쩔쩔매는 사이 이혜연은 식혜를 쥐고 능숙하게 달리면서 '부산 이혜연'과 다음을 뜨겁게 기약하고 있었다.

"떡볶이 진짜 죽이제? 다음에 또 온나! 내가 부

산에서 잘나가는 곳은 다 알고 있다 아이가!"

"정말? 언니, 그럼 다음에는 클럽."

"물 좋은 클럽 내가 데꼬 갈게. 그때도 마 내만 따라온나!"

"알았어, 언니. 나 언니만 믿는다!"

"조심히 가래이! 오면 꼭 연락해래이!"

대체 서로 연락처도 모르면서 어떻게 다시 만난단 말인가. 식혜 신경 쓰느라 묻지는 못했다. 다만 택시를 잡아타고 "기사님, 부산역이요, 빨리 가주세요" 하고 외치는 이혜연의 옆모습을 바라보면서 이혜연과 '부산 이혜연'이라면, 같은 영혼을 가진 이 두 사람이라면 연락처 따위 몰라도 얼마든지 만나는 게 가능할 것이라는 확신이 들었다.

부산역에는 다행히 늦지 않게 도착했다. 좌석이 달라 우리는 기차 앞에서 헤어졌다.

소림사를 향해 걸었다*

* 이 글은 김남희(작가)의 집에서 썼다. 그는 여행작가답게 긴 여행 중이었고, 나는 허락을 구하고 그의 비어 있는 부암동 집에서 약 한 달간 머물렀다. 한 달 동안 그 집에서 편의점에서 파는 '자이언트 떡볶이(마늘맛)'를 정말 많이 먹었다. 김남희와 광고 모델 김준현(개그맨)에게 감사를 표하고 싶다.

어젯밤에는 기도가 무척 하고 싶었다.

　나는 기도하는 것을 참 좋아했다. 종교가 있을 때의 이야기다. 종교가 없는 지금은 누구에게 기도해야 할지 모르겠다. 종교 없이 사는 사람의 슬픔이다.

　마음만 먹으면 누구에게라도 기도할 수 있는 것 아닌가, 생각할 수 있다. 틀린 말은 아니다. 그러나 한때 종교적 믿음이라는 것이 아주 강하고 튼튼하게 있었던 사람으로 조금 으스대는 식으로 말해보자면, 믿음이 없는 상태로 하는 기도는 애들이나 하는 소꿉장난 같다. 식기도 음식도 그럴싸하지만 정말이지 먹을 수가 없는 것이다. 가끔 사이비라도 좋으니 그럴싸한 진리에 속아넘어가 잃었던 믿음을 다시 획득하고 싶다는 생각을 한다. 그럼 기쁜 마음으로 다시 기도를 할 수 있을 텐데.

　암튼 나는 이제 기도를 하고 싶어도 못하는 사람이 됐다. 기도를 하고 싶어서 견딜 수 없을 때에는 그냥 먼저 저세상에 가 있는, 혹은 그 어디에도 존재하지 않는, 영 나는 알 방법이 없는, 신수현(동생)이나 신순례(할머니)에게 이런저런 말을 건다. 어제는 그러나 아무에게도 말 걸지 않고 잤다.

　악몽을 꾸었다. 두 손이 너덜너덜해지는 꿈이었

다. 내 손길이 닿는 모든 물건이 나를 공격했다. 클립을 집으려고 하면 그게 내 손을 물었고 가위를 집으려고 하자 가윗날이 벌어지더니 내 손가락을 향해 가위질을 했다. 모든 물건이 그렇게 공격하기 적당한 모습으로 돌변해 나의 손으로 돌진해왔다. 꿈속에는 백기녀(어머니)도 신중택(아버지)도 신수현(동생)도 있었는데 아무도 나를 도와주지 않았다.

금세 내 손이 여기저기 찢어지고 해져서 너덜너덜해졌다. 너무 아팠고 속상했다. 결국 풍선이 빵 터지듯이 울음을 터뜨렸는데 그 작은 '빵'에 깜짝 놀라 실제로도 잠에서 깨버렸다. 눈을 떴을 때 이미 얼굴에 눈물이 흥건했고 나는 열심히 흐느끼는 중이었다. 깨기 전부터 울음이 어느 정도 진행되고 있었던가 보다. 그대로 조금 더 흐느껴 울다가 흐지부지 다시 잠이 들었다.

아침에 일어나자 빨래가 하고 싶었다.
나는 이 집에서 어떤 고집을 하나 부리고 있었다. 이 집에 도착한 첫날 나는 여기서 세탁기를 돌리지 않겠다고 나에게 선언했다. 물과 에너지 절약을 조금이라도 실천하고 싶은 마음도 있었고, 그냥 약간 불편한 규칙을 하나 정해서 나를 좀 괴롭히는 게 여기 있으면서 더 재미있을 것 같았기 때문이었다. 속옷은 어릴 때부터 손빨래하는 게 버릇이 되어서 문제가 없었고, 옷들은 페브리즈를 뿌려가며 입고, 한 달 내내 수건도 빨지 않고 햇빛에 널어 말려서 다시 쓰고 다시 쓰면서 버티고 있었다. 그러다가 오늘 너무 세탁기를 돌려버리고 싶어졌다. 결국 못 참고 이것저것 빨 만한 것들을 골라 세탁기에 넣었다.

한 달 만에 세탁기를 돌리는 것을 기념할 겸 세탁기가 돌아가는 것을 의미심장하게 바라보며 창가에 좀 앉아 있었다. 통돌이 세탁기가 아니라 드럼 세탁기여서 그런지 보는 재미가 있었다.

본격 탄력을 받기까지의 세탁기는 어쩐지 좀 징그러웠다. 깜짝깜짝 놀래키는 걸 재미있어하는 짜증나는 남자애들과 좀 비슷해 보이기도 했다. 그러나 윔업을 마치고 본격적으로 돌아가는 세탁기의 운동은 무척 근사했다. 자기 몫을 묵묵히 해내면서도 그것을 생색내지 않으려는 듯, 대단한 게 아니라는 듯 차분하고 조용했다. 닮고 싶은 모습이었다. 연극 1막이 끝난 것처럼 "휴!" 하고 크게 한숨 쉬는 소리가 나더니 헹굼이 진행되었다. 나도 자리에서 일어나 집 안을 슴슴 돌아다니며 어수선한 집 안 정리를 했다.

좋은 날씨여서 나가야 할 것 같았다.

버스 정류장까지 걸어가서야 내가 거의 한 달 내내 한쪽 방향으로만 움직였다는 사실을 깨달았다. 그 방향으로 가야 종로가 나오기 때문이었다. 나는 정말 종로적 인간이기 때문에 무슨 일만 있으면 종로부터 찾는 버릇이 있다. 병원에 갈 때도 서점에 갈 때도 미팅을 하거나 친구를 만날 때도 늘 종로, 종로를 찾는다. 시청이나 광화문, 정동까지 느적느적 걸어나가며 나는 소위 말하는 '나와바리'라는 것이 이런 것인가 하고 느낀다. 이 집도 엄연히 종로구 안에 있기 때문인지 고민도 없이 늘 종각 쪽 방향으로만 움직여왔다는 걸 한 달 만에 깨달았고 오늘은 그래서 일부러 반대편으로 걸었다. 불편해서 좋았다.

　　걷다 보니 눈처럼 새하얀 육교가 나왔다. 육교 바로 옆에 붙은 버스 정류장을 힐끔 보니 정류장 이름은 '세검정 초등학교'였다. 과감하게 오른쪽으로 방향을 틀어 동네 안으로 진입했다. 편의점을 지나 작은 카페를 지나고 작은 세탁소를 지나고 작은 김밥집도 지나 작은 팥빙수 가게도 지났다. 이 동네는 내가 민망하다고 우습게 여겼던 종교 없는 사람들이 흉내 내는 기도 같았다. 소꿉장난처럼 작았고, 깨끗했고, 불행은 없었고, 가짜 음식을 맛있게 냠냠 먹는 척을 하면서 마냥 곁에 서 있고 싶은 그런 동네였다.

조금 당황스러운 마음으로 계속 걸어갔더니 백
사실 계곡 이정표가 눈에 띄었다. 마치 'Drink me'
라고 유혹하는 듯한 이정표 앞에서 이상한 세검정 나
라의 앨리스가 된 것 같은 기분마저 들었다. 나는 백
사실 계곡까지 용기 있게 걸어 들어갈까 하다가 그냥
돌아섰다. 일단 배가 고팠다. 금강산도 식후경, 백사
실 계곡도 식후경.

다시 처음에 봤던 이상하리만치 새하얀 육교 앞
에 섰다. 건널까 말까 하면서 반대편 육교 끝을 봤더
니 '떡볶이 카페'라는 가게가 있었다. 나는 떡볶이도
좋아하고 커피도 좋아하지만 어쩐지 내가 좋아하는
두 단어가 나란히 붙어 있는 것을 보니 좀 멋있지 못
한 느낌이었다. 그러나 배가 고팠기 때문에 '카페'라
는 글자는 무시하면서 하얀 육교를 건너보기로 했다.

'떡볶이 카페'에 들어서자 몇 개의 테이블과 그
사이에서 분주하게 움직이는 여성이 있었다. 정말이
지 전혀 바쁠 일은 없어 보이는 공간이었지만 그는 바
빠 보였다. 하긴, 나 역시 그런 오해의 주인공으로 산
다. 책방에 가만 앉아 정신없이 이메일에 답장을 보
내고 정산을 해주고 있으면 사람들이 들어오며 "한가
하시네요"라고 말했다. 나는 아직까지 바쁘다는 사

람들에게 "바쁜 게 좋은 거죠"라는 말을 해본 적이 없다. 아니, 했던가? 그랬다면 내가 그 사람을 그닥 좋아하지 않았기 때문일 것이다.*

"저… 식사 되나요?"

"네."

주인장은 하던 일을 멈추고 쪼르륵 부엌으로 들어갔다. 나는 창가에 난 테이블에 가방을 내려놓고 부엌 쪽 카운터에 세워진 메뉴판을 응시했다. 국물떡볶이와 양념떡볶이가 눈에 들어왔다. 둘 다 먹고 싶어서 뭘 골라야 할지 계속 고민하고 있는데 "그렇게 멀리서 메뉴가 보이나요?" 하면서 주인장이 메뉴판을 들고 내 쪽으로 가져왔다. 가까이 다가오는 그의 얼굴에 주근깨가 귀엽게 많았다.

"아, 저, 국물과 양념의 차이가 뭔가요?"

내가 쑥스럽게 물었더니 양념떡볶이는 떡꼬치의 느낌이라고 그가 설명해주었다. 나는 국물떡볶이를 주문했다.

---

* 나는 내가 좋아하지 않는 말을 좋아하지 않는 사람에게 굳이 건네는 고약한 버릇이 있다. 예를 들면, 좋아하지 않는 사람에게 "화이팅"이라고 말한다거나…. 고치려고 노력하고 있다.

가게 안에는 빅뱅의 음악이 흐르고 있었다. 처음 들어보는 곡이었지만 그냥 알 수 있었다. 어떤 노래들은 이전에 전혀 들어본 적이 없어도 그냥 목소리나 곡의 무드만으로 누구의 곡인지 알 수 있다. 특히 허밍어반스테레오의 경우에는 워낙 어린 시절 함께 보낸 시간이 많아서인지 전주만 들어도 이거 이지린(친구)이 만들었구나, 하고 알 수 있다. 나의 노래를 그렇게 짐작할 줄 아는 사람도 있을까. 조금만 들어도 나인지 단박에 알아주는 사람이 있을까. 신중택은 종종 아이유의 노래를 들으면서 "이거 딸이 부른 건가?" 하고 물을 때가 있다. 어떤 때는 제이 래빗의 노래를 들으면서 "엇, 딸 노래 나온다!"라고 한다. 쉬운 일은 아닐 것 같다.

부엌에서 칼 소리가 들렸다. 뭔가 신선한 야채를 써는 소리였다. 파일까? 양파일지도 몰랐다. 서걱, 서걱, 서걱. 가슴이 뛸 만큼 좋은 소리였다.

떡볶이가 등장했다. 떡의 모양새와 빛깔, 떡 위에 점점이 보이는 고춧가루 알갱이들, 서걱서걱 소리의 주인공인 파와 양파가 눈에 들어오면서 '이건 맛있는 떡볶이다'라는 확신이 왔다.

맞았다. 내가 좋아하는 밀떡, 양념에 푹 절여지지 않아 생생한 감이 살아 있는 파와 양파, 보통 내가

일인분이라고 상정하는 개수인 열다섯 개를 넘어서
는 떡의 개수 등 모든 것이 완벽했다. 게다가 자그마
한 사이즈의 주먹밥 두 개가 함께 나왔는데 그것 또한
별미였다. 정말 완벽한 한 끼 식사였다.

　나는 무척 감동해서 파 하나, 양파 하나 남기지
않고 싹싹 깨끗하게 비웠다. 들어오기 전에 속으로
'카페'라는 글자를 무시하기로 했던 마음에 대한 사
죄로 아이스 아메리카노를 추가 주문했다. 커피까지
받아 들고 '기필코 다시 온다'는 생각으로 비장하게
꾸벅 인사했다.

　이제 그만 버스를 타고 숙소로 돌아가고 싶었지
만 이제는 테이크아웃 음료를 들고 버스에 탈 수 없는
시대가 되었기 때문에 음료를 다 먹을 때까지 계속 어
슬렁거리기로 했다.

　이 주변에 갈 만할 데가 없을까. 입구에서 돌아
나왔던 백사실 계곡으로 더 깊이 들어가볼까. 이런저
런 궁리를 하면서 육교 난간에 기대 서서 구글맵으로
근처 지도를 살펴보다가 놀랍게도 이 근처에 '소림
사'라는 절이 있는 것을 보고 마시던 커피를 뿜었다.
쿵푸의 고향 소림사가 홍지동에 있었다니.

　나는 소림사를 향해 걸었다. 차도를 따라 걸어

가는데 어디선가 라일락 향기가 났다. 나는 얼른 걸음을 멈추고 두리번거렸다.

꽃나무가 주는 향기를 맡는 일은 나에게 간단하게 여겨지지 않는다. 꽃나무는 가까이 다가온다고 해서 향을 더 나눠주는 존재들이 아니다. 어떤 때에는 바로 곁을 지나도 아무 냄새도 나지 않을 때도 있고, 어떤 때에는 제법 멀리 떨어져 있어도 향기를 맡을 수 있다. 모든 것은 그 나무의 컨디션과, 그날의 바람과 온도, 그리고 하필 그 순간의 내 호흡이 맞아떨어지는 아주 찰나에 좌우된다. 길을 걷다가 꽃나무 향기를 맡는 것도 나에게는 큰 횡재인 것이다.

아무리 두리번거려도 라일락 나무가 보이지 않았다. 그러나 어딘가에 있으므로 내가 그의 향기를 맡고 있다. 향은 곧 사라졌다. 나는 계속 킁킁거리며 나머지 스텝을 밟았다. 금세 작은 간판이 보인다. 소림사라고, 오른쪽으로 가면 소림사가 나온다고.

오르막을 오르니 돌계단이 나타나 하나하나 밟았다. 개미들이 많아 주의를 기울여야 했다. 위풍당당한 이름과 다르게 소박하고 작은 절이었다. 소림사에 대한 간략한 설명도 읽을 수 있었다. 조선 태조가 즉위하기 전 이곳의 굴에서 기도하여 뜻을 이루자 나중에 이곳에 절을 짓게 하고 '소림굴'이라 칭했다가 그것이 뒤에 '소림사'가 되었다고 한다. 소림굴이라고 지은 것은 달마대사가 9년 동안 면벽좌선을 했던 중국 숭산의 소림사를 본떠서 한 것이라 하니 실제로 중국의 소림사와 연관이 없지는 않았다.

안으로 들어서자 몇 명의 사람들이 있었다. 이 사람들도 바빠 보였다. 세상의 어디를 가도 모두가 바쁘다! 내가 나타나자 일제히 나를 한번 쓰윽 보고는 다시 일제히 고개를 쓰윽 돌렸다. 나는 뒷짐을 지고 여기저기를 기웃거렸다. 대웅전도 힐끔거리고 7층짜리 석탑도 올려다보고 구석에 피어 있는 꽃들도 들여다보고 약사전이라는 곳에도 슬그머니 고개를 디밀었다. 여기서 태조가 기도를 하고 큰 뜻을 이루었다는데도, 대단한 영험의 현장에서 나는 영 기도하고 싶은 기분이 들지 않았다.

오히려 기도하고 싶었던 곳은 따로 있었다. 절의 뒤편에 좁은 계단이 있어 올라갔다가 발견했다. 거기에는 커다란 바위가 안쪽으로 깎여 있었고 그 안에 팔뚝보다도 작은 불상이 하나 서 있었다. 불상의 발치에 누군가가 기도한 흔적이 있었다. 몇 개의 동전과 과일.

나도 여기서 기도하고 싶네, 어젯밤 하지 못한 기도를. 꿈속에서 백기녀도 신중택도 신수현도 도와주지 않아 결국 너덜너덜해졌던 내 손, 그것을 모아서 "도와주세요" 하고 말하고 싶네.

결국 거기서도 기도하지 못했다. 뒤돌아보았더니 홍지동의 고즈넉한 오후가 펼쳐져 있었다. 백사실 계곡이라는 곳도 저 어디쯤에 있을까. 다음엔 저기나 가보자.

나는 귀여운 불상을 뒤로하고 돌아 나왔다. 눈물이 조금씩 차올라 입구에 다다르자 눈이 그렁그렁 해졌다. 여전히 계단에 개미들이 많았다. 개미를 밟지 않으려고 나는 얼른 눈물을 닦았다.

오래오래 살아 있었으면 하는 것이다

떡볶이라면 아무리 맛이 없고 떡이 불어도 일단은 '맛있다'라고 감각했던 신수진 어린이는 커서 제 어머니를 따라* 처음으로 떡볶이 가게에서 '클레임'을 넣게 된다. 그곳은 서울 홍대에 위치한 곳이었다. 번화가에 자리 잡은 데다가 늦은 시간까지 영업했기 때문에 언제나 문전성시였다. 나 역시 사람들과 종종 가서 떡볶이를 먹었다.

그 떡볶이집의 가장 큰 개성은 일하는 직원을 부르는 호칭에 있었다. "저기요"랄지, "여기요"랄지 우리가 흔히 사용하는 방법이 그곳에서는 통하지 않았다. "박군아"라고 부르는 것이 그곳의 규칙이었다. 대놓고 아랫사람 부리듯이 "박군아"라고 부르는 게 쉽지 않은 일이기 때문에** 거기서는 무얼 먹을지 다 정해놓고도 차마 "박군아" 하고 부르지 못해서 안절부절못하는 사람들을 쉽게 볼 수 있었다. 나도 진땀을 흘리면서 "바, 바, 박군아 여기 주문할게요…"라는 앞뒤가 맞지 않는 화법을 구사했다. 그래도 제법 재미가 있었다. 그것은 "박군아"라고 부르는 재미라기보다는 다들 쩔쩔매는 모습을 구경하는 재미라고

---

* 「단란한 기쁨」 참조.
** 누군가에게는 익숙할 것이다.

해야 할 것이다.

　오랜만에 친구들과 그곳에 들렀다. 늘 복작거렸
던 '박군네'는 그사이 슬그머니 여유로운 가게가 되
어 있었다.

　가게 안에는 한 팀이 앉아 있었다. 그 옆에 우리
도 자리를 잡았다. "뭐 먹을까" 하고 일행이 메뉴를
들여다보고 있었고 나는 "박군아"라고 부를 마음의
준비를 하고 있었다. 그때 옆 테이블의 누군가가 이
렇게 말하는 소리가 들렸다.

　"저기요, 저희 물티슈 하나만 주세요."

　그리고 바로 박군(직원)의 대답이 빠르고 냉정
하게 돌아왔다.

　"손님, '저기요' 말고 '박군아'라고 불러주세
요."

　"아…(잠시 "박군아"라고 부를 마음의 준비를
하는 듯한 정적). 저기, 박군아, 물티슈 좀 주세요."

　박군이 빠르게 대답했다.

　"저희는 물티슈 없습니다."

　내 일행은 그 대화를 들으며 풉 하고 웃음이 터
졌고 나는 한숨을 쉬었다. 슬쩍 돌아보니 그 사람은
민망한 기색이 역력했지만 웃고 있었다. '나였으면

정말 짜증나서 저렇게 웃을 수 없었을 거야'라고 생각했다. 그리고 잠시 뒤에 정말로 짜증이 나고 말았다. 떡볶이가 놀랄 만큼 맛이 없었기 때문이다.

"'박군아'라고 부르는 게 좀 힘들어서 그렇지 맛있어"라고 잔뜩 아는 척을 하면서 데려왔는데, 난감했다. 일행들의 표정도 복잡해 보였다.

"이것 참… 원래 맛있는 곳이었는데… 오늘따라 이상하다."

민망해서 어느새 나도 옆 테이블의 그 여성분처럼 웃고 있었다. 그러다 가게 벽에 "박군네 불만 신고!!"라는 종이가 붙어 있는 것을 보았다. 그 어떤 불만 사항이라도 좋으니 24시간 아무 때라도 문자를 보내달라는 말과 함께 핸드폰 번호가 적혀 있었다. 나는 번호를 받아 적으며 과장되게 씩씩거렸다.

"안 되겠어, 내가 한마디 해야겠어!"

친구들은 웃었다.

나는 그날 밤 계속 고민을 하다가 열두 시 넘은 밤 정말 문자를 보냈다. 다음은 내가 보낸 문자의 전문이다.

안녕하세요. 오랜만에 박군네 와봤다가 너무
어이가 없을 정도로 맛이 없어서 문자 남깁니다.

예전엔 분명 이 맛이 아니었는데 오늘 정말 짜다는 것 말고 아무것도 없는 맛이었습니다. 게다가 함께 주문한 튀김도 문제가 많더군요. 어디서 공수해 오시는 건지 모르겠지만 김말이 속 당면은 푸석하고, 엄청난 두께의 고구마튀김 속 고구마 두께는 2밀리였습니다. 그런 퀄리티의 떡볶이를 먹고 17000원을 낸다는 게 너무 아까웠습니다. 하시는 일에 사명감을 가지고 맛에 더 신경 쓰셔야겠습니다. 주문할 때 기어이 박군아, 라고 부르게 하는 일에만 주력하지 마시고요.

토씨 하나 틀리지 않게 옮겨 적은 것이다. 나는 저 문자를 보낸 후에 캡처한 것을 아직도 기념으로 보관하고 있다.

여태 나는 음식을 먹으며 불만을 제기하는 법이 없었다. 음식에서 머리카락이 나와도 그냥 제거하고 먹고, 주문한 것과 다른 음식이 나와도 그냥 먹고, 계산을 잘못해서 돈을 좀 더 내게 되어도 액수가 크지 않으면 그냥 넘어갔다. 끔찍하게 맛이 없거나 서비스가 안 좋아도 그저 이곳엔 다음부터 안 오면 그만이라고 생각하며 얌전히 굴었다.* 그런 나의 첫 불만 신고 였기 때문에, 열세 줄의 문자 안에는 내 분노와 용기 뿐만 아니라 어떤 기념하고 싶은 애틋한 마음도 조금 있었던 것이다.

　　답장이 왔다.

　　내가 거론한 문제점을 하나하나 짚어가며 일일 이 시정하겠다는 다짐의 문자였다. 답장을 읽으며 '박군네'에게 미안한 마음이 들었다. 혼자였다면 늘 그랬듯 '맛없지만 잘 먹었다' 생각하며 조용히 나왔 을 텐데 친구들 앞이라고 내가 오버했던 것 같았다. 정말 시정이 되었는지 확인하기 위해, 그리고 내 미 안한 마음을 만회하기 위해 조만간 한번 더 찾아가야 겠다고 마음을 먹었다.

　　얼마 뒤 '박군네 떡볶이'는 없어졌다. 내가 찾아 가기도 전에 말이다. 난생처음 해본 클레임이 그 가 게가 영영 사라져버리는 것으로 귀결되는 것에 나는 큰 충격을 받았다. 물론 그 가게가 내가 보낸 문자에 상처를 받아 없어진 것은 아니었을 것이다.

---

*　　내가 음식에 관해 저런 태도를 보이는 것은 털털해서가 아니라 내가 주로 만사를 귀찮아하는 성격이라서 그렇다.

그러나 충격은 은은하고 집요했다. 나는 그 이후 '박군네'보다 몇 배나 맛없는 떡볶이를 수도 없이 먹었지만 단 한 번도 불만의 제스처를 취해볼 엄두를 내지 못했다.

　　맛없는 떡볶이집이라도 존재하는 것이 나는 좋다. 대체로 모든 게 그렇다. 뭐가 되었든 그닥 훌륭하지 않더라도 어쩌다 존재하게 되었으면 가능한 한 사라지지 않았으면 좋겠다. 나는 내가 이 세상에 사십 년 가까이 존재하고 있는 것이 안심이다. 그것은 내가 나를 너무 사랑해서라거나 내가 이 세상에 쓸모 있는 존재라고 여겨져서가 아니라 어쨌거나 백기녀와 신중택의 젊은 날 뜨거운 밤을 통해 내 의도와는 상관없이 내가 존재하게 되어버렸으니 기왕 이렇게 된 거 오래오래 살아 있었으면 하는 것이다.

　　물론 이런 생각들이 그저 한낱 낭만에 취한 나의 이기심이라는 것을 안다. '박군네'가 사라진 데에는 다 불가피한 사정이 있었겠지. 다만 나는 그 뒤로 가게 자리 앞을 지날 때마다 매번 어떤 염려를 하는 버릇이 생겼다. 그때 밤늦게 보낸 내 클레임 문자가 하필이면 '박군네'를 없애느냐 마느냐 고민하느라 잠을 이루지 못하고 뒤척이는 순간에, 혹은 술 한 잔 앞에 두고 한숨을 쉬던 순간에, 혹은 착잡한 심정으로 막 주차를 마친 지하 주차장의 차 안에서, 아무튼 그런 괴롭고 힘든 순간에 하필 읽혔으면 어떡하지 하는 염려 말이다. 세상 쓸데없는 걱정인 것을 알면서도 한번 그렇게 상상해버리자 가게 자리 앞을 지날 때마다 그 생각이 났고 그때마다 나는 약간씩 괴로웠다. 그러다 문득 '박군네' 불만 신고 전화번호를 떠올렸다. 아직 그 번호를 지우지 않고 있었다. 아주 오랜만에 그 번호로 다시 문자를 보내보았다.

안녕하세요.
혹시 박군네 떡볶이 대표님 연락처가 맞나요.
시간이 너무 많이 흘렀습니다만… 혹시 홍대 박군네 떡볶이는 아예 사라진 건가요.

답장은 오지 않는다.[*]

---

[*] 이 글을 쓰고 약 사 개월 뒤에, 나는 문자를 한 번 더 보냈다. 이전에 보낸 문자에 답이 없었기 때문에 죽은 번호라고 생각하고 혼잣말하듯 쓴 것이다. 내가 보낸 문자는 다음과 같다.

예전에 이 번호로 박군네 떡볶이에 대한 클레임을 넣은 적이 있었습니다. 그리고 나서 얼마 뒤에 가게가 사라져서 계속 마음이 쓰였어요. 어디에서건 떡볶이 가게를 하고

계신 건지 아예 박군네 떡볶이는 사라진 건지 알 수
없습니다만 가게가 사라지기를 바라는 마음으로 문자를
보낸 게 아니었다는 것을 꼭 말씀드리고 싶었습니다.
어디에서건 무사하셨으면 합니다.

놀랍게도 답장이 왔다.
답문은 다음과 같다.
오타 그대로 적어보겠다.

고객님 안녕하세요. 미리 연락을 드려야 했는데
늦었습니다. 당시 고객님의 소중한 의견 너무나 감사하였고
진심 어린 충고의 말씀 개선시키고자 다짐하였지만 당시
건물주님의 새로운 건물 증축으로 폐업을 하게 되었답니다.
현재 떡뽁이 사업은 하고 있지 않지만 언젠가 다시
오픈하게 되는 날 고객님께 꼭 연락 드려 초대하겠습니다.
시간이 오래 지났지만 기억해주셔서 감사합니다.

제보를 기다린다

서울 미아동에 살다가 중학생 때 서울 도봉동으로 이사를 했다. 전학은 하지 않았다. 버스를 타고 삼십 분 정도를 달려 통학을 했다.

그 시절 내가 다니던 떡볶이집들이 학교 인근에 포진되어 있었으므로 도봉동으로 이사를 오면서는 얼른 이 동네의 새로운 떡볶이 가게를 뚫어야 한다는 생각뿐이었다. 마침 이사한 집에서 걸어서 삼 분이면 갈 만한 거리에 중학교가 있었다.* 그 일대를 틈나는 대로 어슬렁거려보았다. 동네는 미아동에 비해서 초라한 축이었다. 문방구도 하나뿐이었고, 떡볶이나 분식을 파는 가게는 아예 보이지 않았다.

그러다 얼마 뒤에 가까스로 떡볶이집을 하나 찾아낼 수 있었다. 여름 오후에 그냥 동네를 어슬렁거리다가 운 좋게 우연히 발견했다. 간판도 없었고, 유

---

* 그토록 가까운 곳에 중학교가 있었는데 왜 전학하지 않았을까 하는 의문이 이제 와서 든다. 내 통학 시간은 중학교 때를 시작으로 점점 길어졌다. 고등학교 등하교 때 각각 한 시간 삼십 분 정도를 썼고(총 세 시간), 대학교 다닐 때는 세 시간을 썼다(총 여섯 시간). 게다가 지금은 제주에서 서울로 적어도 이 주에 한 번씩은 왔다 갔다 하고 있으며 그 일에 거의 반나절을 쓰고 있다. 정말이지 의문이 든다. 일부러 그렇게 살려고 노력한 것도 아닌데 어쩌다 나는 평생 오가는 길에 시간을 펑펑 쏟는 사람이 되었을까?

리창에 무슨무슨 분식이라고 적힌 것도 없었다. 그냥 정체불명의 가게가 문이 활짝 열려 있었고 그 안에서 애들이 플라스틱 의자에 앉아서 떡볶이를 먹고 있었다. 메뉴도 떡볶이 한 가지였다. 환호라도 지를 수 있을 만큼 신이 났지만 겉으로는 티가 나는 법이 없는 나, 신수진은 그저 능구렁이처럼 슬그머니 들어가 빈자리에 앉아서 아주머니가 떡볶이 일인분 줄까, 라고 물을 때 고개를 끄덕했을 뿐이었다. 그때부터 나의 도봉동에서의 삶의 질은 급속도로 달라졌다.

얼마 동안이나 그곳을 들락거렸는지 기억나지 않는다. 정말 표현 그대로 '미친 듯이' 갔다. 생각이 날 때마다 갔다. 한낮에 가도, 해가 뉘엿뉘엿 지는 늦은 오후에 가도 한 번도 닫혀 있던 적이 없었다. 그리고 그 가게는 어느 날 거짓말같이 사라졌다.

'사라졌다'는 표현이 이 경우에는 좀 무색할 것 같다. 간판이고 뭐고 떡볶이집이라는 정체성을 드러내는 그 어떤 표식이 애초에 없었기 때문이다. 그저 늘 열려 있던 가게 문이 닫혀 있었고 안에는 아무것도 없었다. 그뿐이었다.

눈물을 줄줄 쏟으며 집으로 돌아왔다. 말도 없이 가게가 사라진 것에 큰 배신감을 느꼈다. 알면서,

내가 미친 듯이 갔던 걸 다 알면서 아주머니는 언질 한번 주지 않았다. 그걸 중학생 신수진은 도저히 받아들일 수가 없었다. 행방을 알고 싶었다. 이사한 건지, 장사를 그만둔 건지, 그냥 잠깐 어디 휴가라도 간 건지, 갑자기 몸이 안 좋아지신 건지, 어떤 작은 단서라도 알게 된다면 그것을 붙잡고 늘어지고 싶었다. 내가 알 수 있는 것은 아무것도 없었다. 가게 상호도 전화번호도 없었던 문제도 있었거니와, 그 가게의 행방에 대해서 물어보고 상의할 사람조차 없었다. 도봉동에는 친구가 한 명도 없었기 때문이다. 나는 정말이지 그때 돌아버리는 줄 알았다.*

내가 떡볶이를 좋아한다는 걸 아는 사람들은 여태 먹어보았던 것 중 최고의 떡볶이가 무엇이었느냐고 꼭 묻는다. 그때마다 이때 맛보았던 떡볶이를 이

---

* 애착을 주고받는 관계를 유지하다가 어떤 사정으로 그 관계를 끝내야겠다는 판단이 설 때가 있다. 그럴 때 상대방의 기분을 최고로 더럽게 하는 방식으로 관계를 끝내고 싶다면 일언반구 없이 잠적해버리는 것이 가장 효과적이다. 나는 그것을 이때 슬프게 학습했다. 이 방법을 연애하다가 평생 딱 한 번 쓴 적이 있다. 언제냐면 그것은 후에 내가 『아무튼, 연애』를 쓰게 된다면 그때 말해보겠다.

야기한다. 대체 맛이 어땠길래 그 정도냐며 묘사를 요구하는 사람도 많았다. 그때마다 나는 그 맛을 묘사하려고 뇌주름에 힘을 꽉 주고 노력해보지만 이제는… 거의 기억이 나지 않는다. 기억하려 하면 할수록 점점 모호해지고 휘말리는 느낌이 든다. 떡볶이에 당면이 들어갔는지, 쫄면이 들어갔는지도 이제는 확실하지 않다. 그저 밀떡이었고, 국물이 좀 있어서 밋밋한 접시형이 아니라 약간 움푹 파인 대접형 멜라민 그릇에 담겨 나왔고, 잔뜩 만들어놓고 파는 것이 아니라 주문이 들어올 때마다 그때그때 만들어서 팔았다는 것만 기억난다. 생각할 때마다 슬픔이 찾아온다. 이제 더 이상 먹지 못한다는 것은 받아들였다. 그러나 기억조차 조금씩 희미해진다는 것이 정말 슬프다.

여전히 부모님은 도봉동에 살고 계신다. 얼마 전에 부모님 댁에 갔다가 그 떡볶이집 자리에 다시 가보았다. 시간이 많이 흘렀는데도 썰렁한 학교 일대는 여전했다. 아니, 오히려 그때보다 더 황량해진 듯한 기분이 들었다. 조금 헤맸다. 이 골목인가, 다음 골목인가. 짐작되는 위치에는 문 닫힌 부동산이 있었다. 여기가 맞나, 조심조심 다가가 유리에 이마를 대고 이마에 자국이 남도록 한참을 그대로 서 있었다.

이 지면을 빌려 이 떡볶이집을 아는 사람의 제보를 기다린다. 서울 도봉동의 북서울중학교 인근, 간판도 없이 아이들에게 떡볶이를 팔았던 그 가게를 아는 사람을 만나고 싶다. 그 가게의 존재만 아는 사람이어도 좋고, 그 가게에서 떡볶이를 먹어본 기억이 있는 사람이라면 더 좋을 것이다. 그 떡볶이 가게를 그 시절 아이들은 뭐라고 불렀는지, 그 떡볶이에 들어간 것이 쫄면이었는지 당면이었는지 알려줄 수 있는 사람을 기다린다.

그런 사람을 만난다면 나는 아마 감정에 북받쳐 눈물이 왈칵 나올 것이다. 그리고 이런 내가 우스워서 바로 뒤이어서는 푸 하고 웃을 것이다. 나는 '울다가 웃는 순간'들을 무척 좋아한다.* 엉덩이가 털로 뒤

---

* 반면 '웃다가 우는 순간'은 좀 좋아하지 않는다. 보통 사람이 웃다가 울게 되는 경우는 너무너무나 슬프거나 너무너무나 화가 나기 때문이다. 그런 극심한 슬픔이나 분노에 앞서 왜 잠깐 동안 웃게 되는 걸까? 그때의 웃음에도 엔돌핀 같은 것이 나오는 걸까? 나는 동생 이야기를 할 때면 어김없이 처음엔 웃는다. 그때의 내 마음은 '곧 제가 울 것 같은데 좀 봐주십시오'의 마음인 것 같다.

덮이게 되더라도 좋으니 나는 제보자와 울다가 웃다가, 그러다가 배가 고파질 테니까 함께 맛있는 떡볶이를 먹으러 가겠다. 나는 제보를 기다린다.

캐나다에도, 브라질에도

원고가 잘 풀리지 않을 때마다 '코펜하겐 떡볶이'를 생각한다. 이 책을 계약하면서 조소정(위고출판사 대표)이 흘리듯 던진 그곳이 나에게 묘하면서도 분명한 동기가 되어준다. 오늘도 난 생각한다. '코펜하겐 떡볶이'는 대체 왜 코펜하겐인 것일까? 혹시 덴마크산 고춧가루를 사용하나? 아니면 떡볶이에 코펜하겐 특산물이 들어가나? 지난번에 조소정이 몇 번 가봤지만 그 가게에서 특별히 '코펜하겐적'인 뭔가를 발견하지는 못했다라고 말한 것으로 미루어보건대 그 가게에 대형 덴마크 국기가 걸려 있지 않은 것만은 분명하다.

이런 생각을 하다 보면 덩달아 떠오르는 두 개의 '생뚱맞은 나라 이름을 가진 떡볶이집'이 있다.

캐나다 삼촌집

제주에서 살기 전 꽤 오랫동안 틈나는 대로 제주에 혼자 내려오곤 했다. 제주에 처음 홀로 와서 먹은 음식은 물론 떡볶이었다. 모닥치기가 시작이었다. '모닥치기'는 '여러 개를 한 접시에 모아서 준다'는 뜻을 가진 제주어라고 하는데 얼핏 들으면 무슨 운동 기술처럼 들리고 이 기술에 제대로 걸리면 뼈도 못 추릴 것 같은, 뭔가 결정적 한 방 같은 느낌이 든다.

모닥치기를 주문하면 커다랗고 널찍한 접시 위

에 떡볶이를 비롯해 계란, 만두, 튀김, 전, 김밥 같은 것이 결정적 한 방의 느낌으로 한꺼번에 올려져 나온다. 올려져 나오는 메뉴는 가게마다 조금씩 차이가 있다. 심지어 맨 밑에 비빔국수가 깔려 나오는 곳도 있다. 여기저기서 몇 번 먹어본 뒤 나름대로 내가 정의 내린 모둠치기의 핵심은 '모나지 않음'이다. 다양한 음식이 한데 어우러져야 하기 때문에 그 어떤 것도 거슬리거나 두드러지지 않는 맛을 낸다. 김밥도 평범한 맛이고 국물이 자작한 떡볶이는 사람으로 치면 이것도 좋다고 하고 저것도 좋다고 하면서도 답답하지 않은 순둥이 같은 느낌이다. 전이나 튀김, 만두 같은 것도 마찬가지. 단독으로 먹는다면 조금 심심할지도 모를 맛이다. 물론 내 고향 서울에도 '김떡순' 같은 비슷한 메뉴가 존재하기는 하지만 먹어보면 다르다는 것을 알 수 있을 것이다. 확실히 서울의 김떡순은 모둠치기에 비해 스케일은 초라하고 개성은 너무 강하다.

솔직히 모둠치기는 내가 선호하는 방식이라고 할 수는 없다. 어느 한도 이상으로 이것저것 섞어버린 음식을 먹으면 나는 거기서 어떤 맛을 분간해내는 것이 불가능해지기 때문이다. 아주 고성능의 미뢰를 가진 사람이라면 각각의 고유한 맛들을 하나하나 포착할 텐데 아쉽게도 나는 그렇지 못하다. 나는 모닥치기 이외에도 너무 많은 것이 들어가 뚱뚱한 김밥, 너무 심각한 잡곡밥, 너무 이것저것 넣고 싸버린 월남쌈, 너무 건강을 생각한 비빔밥, 너무 정신없이 토핑된 빙수나 피자 같은 걸 먹을 때 내가 뭘 먹고 있는 건지 잘 모르겠는 기분을 느낀다.

'캐나다 삼촌집' 얘기를 하려고 제주도 이야기를 꺼냈다가 잠깐 샜다. 이 '캐나다 삼촌집'이라는 가게는 모닥치기 경험 이후에 용두암을 보러 갔다가 발견했다. 도대체 어디가 용의 머리라는 것인지 도무지 알 수 없는 마음으로 터덜터덜 그곳을 돌아 나오는데 어떤 간판에 커다란 글씨로 '캐나다 삼촌집'이라고 쓰여 있었고 옆에 '떡볶이'라고 적혀 있었다. 그 떡볶이라는 글씨 위에는 중국인 관광객을 고려해 한자로도 표기가 되어 있었다.

가게 안으로 들어서며 "안녕하세요" 하고 인사했다. 연세가 지긋한 할아버지께서 "예에" 하고 인사를 받았다. 떡볶이를 주문해 먹고 나왔다. 가게 외부에서도 내부에서도, 그리고 떡볶이에서도, 그 어떤 '캐나다스러움'을 발견하지 못했다. 한 가지 인상적인 부분이 있다면 그것은 할아버지께서 떡볶이를 내오시면서 김치를 무척 수북하게 담아주셨다는 점이다. 너무 수북히 주셔서 나는 떡볶이를 김치에 싸 먹었다. '캐나다 삼촌집'은 지금은 없어졌다.

브라질 떡볶이

'브라질 떡볶이'라는 가게가 있다는 말을 어디선가 얼핏 들었다. 떡볶이 가게 이름이 왜 브라질일까, 라는 궁금증에 검색해보고 〈응답하라 1988〉에 등장했던 떡볶이 가게의 이름이라는 것을 알았다. 그 가게의 실제 명칭은 '얄개분식'이고 충청도 서산에 있다는 것도 동시에 알게 됐다.

"서산이면 서울에서 금방이야"라고 이종수(남자친구)가 말했다. 당시 이종수는 운동하다가 무릎을 다쳐서 몸이 불편한 상황이었는데도 가게 이름이 귀여우니까 직접 가서 먹어보자고 나를 설득했다. 운전하는 데도 문제가 없다고 호언장담이었다.

그렇게 도착한 가게의 외부는 세월의 흔적이 고스란히 묻어나 아주 낡고 정감 가는 모습이었는데 그 와중에 '브라질 떡볶이'라는 이름으로 방송에 나갔다는 어필이 상대적으로 새것 느낌의 스티커로 문에 붙어 있었다. 그리고 그 스티커는 녹색 바탕에 노란색 글씨로 쓰여 있어 상당히 '브라질적'이었다. 줄을 서서 먹어야 할 수도 있을 거라고 마음의 준비를 하고 갔는데 우리가 갔을 때 가게는 한산해서 바로 들어가 착석할 수 있었다.

그런데 자리에 앉아 잠시 관찰해보니 이 가게는 한산한 가게가 아니었다. 어떤 기가 막힌 순환이 이루어지고 있다는 걸 알 수 있었다. 들어오는 손님과 나가는 손님의 리듬이 완벽해서 손님은 끊이지 않는데, 아무도 기다리지 않고 가게는 한산한 분위기를 유지할 수 있었던 것이다. 조용한 가운데 흐르는 이 리듬이 무척 쾌적하게 느껴졌다. 가게 안에도 브라질적인 스티커와 현수막이 군데군데 눈에 띄었다. 다양한 메뉴가 적힌 오래된 메뉴판이 벽에 걸려 있었지만 이곳의 메뉴는 모듬떡볶이 하나였다. 우리는 다소곳하게 이인분을 기다렸다. 모닥치기 대자가 담겨 나올 만한 사이즈의 넓은 접시에는 약간의 콩나물이 깔려 있었고 그 위에 라면과 쫄면, 그리고 어묵이 간간이 섞인 떡볶이에 만두, 계란 두 개가 얹혀 있고 그 위에 검은깨가 은총처럼 뿌려져 있었다.

이쯤 되면 그냥 모닥치기 아니냐고 할 수도 있겠지만 그렇지 않다. 이념이 다르기 때문이다. 똑같이 우르르 섞여 있는 것처럼 보인다고 해도 모닥치기의 이념이 '무질서'에 있다고 한다면 '브라질 떡볶이'의 모듬떡볶이 접시 위에는 '질서'라는 이념이 흐르고 있다.

　나와 이종수는 그 '질서'라는 이념을 걸신들린 듯이 먹어치웠다. 그리고 바로 다시 서울로 돌아왔다. 실은 바로 근처에 해미 읍성이라고 하는 엄청 근사해 보이는 성곽이 있었지만 궂은 날씨에 목발 신세였던 이종수가 그곳을 거니는 것은 무리였다. 다음을 기약했다.

　삼 년 뒤에 우리는 그곳을 다시 찾았다. 일 때문에 군산에 갈 일이 있었는데 역시 이번에도 이종수가 "서산이면 군산 가는 길에 금방이야"라고 말했던 것이다. 우리는 지난번에 보지 못했던 해미 읍성도 둘러보기로 하고 여유 있게 일정을 잡았다.

　'브라질 떡볶이'에 도착하니 그곳에는 역시 지난번과 같은 한가하지만 한가하지 않은 기가 막힌 순환이 이루어지고 있었다. 우리는 기다림 없이 자리에 앉아 또 한 번 '질서'라는 이념이 푸짐하게 올려진 브라질 모듬떡볶이를 걸신들린 듯이 먹었다. 흡족한 기분으로 그곳을 나와 각자 소지하고 있는 필름카메라를 한 손에 단단히 들고서 우리는 해미 읍성 쪽으로 천천히 걸음을 옮겼다. 그런데 그 앞 어떤 가게에 길게 늘어선 사람들의 행렬이 눈에 띄었다. 뭐 파는 가게지? 우리는 행렬의 앞쪽으로 슬금슬금 걸어가 가게 안을 슬쩍 들여다보았다. 떡볶이였다.

"먹을래?"

이종수(방금 브라질 모둠떡볶이를 먹은 남자친구)가 물었다.

"근데 나 지금 배 터질 것 같은데."

나는 대답했다.

"그럼 여기는 다음에 와서 먹어볼까? 서울에서 금방이야."

이종수가 말했다. 나는 긴 줄을 바라보며 잠시 서 있었다.

줄을 서서 무언가를 먹는 일을 좋아하지 않는다. 줄 서서 기다리지 않고도 먹을 수 있는 맛있는 음식들이 세상에 얼마든지 있다고 생각한다. 그럼에도 불구하고 나는 행렬에서 눈을 떼지 못했다. 이 행렬의 끝에 있는 것이 다름 아닌 떡볶이였기 때문이다.* 나는 이종수에게 일단 해미 읍성을 오랫동안 걸으면서 열심히 소화를 시켜보자고 파이팅 있게 말했다.

* 그러고 보니 이 년 전에도 서울국제도서전에 참석했다가 코엑스에서 한 시간 정도 줄을 서서 저녁을 먹었던 적이 있다는 것이 떠올랐다. 물론 떡볶이였다.

생각보다 해미 읍성은 컸다. 겨울이라 사람이 많지 않아서 그런지 성곽 너머에는 내가 예상했던 것보다 더 크고 황량한 공간이 펼쳐져 있었다.*

일단 직선으로 쭉 뻗어 나 있는 길을 따라 걷다가 옹기종기 서 있는 조선시대 민속 가옥들이 보여 그쪽으로 방향을 틀었다. 그 앞에 몇몇 아주머니들이 호들갑스러운 감탄사를 내뱉으며 모여 있어 무슨 일인가 하고 가까이 다가가보니 시커멓고 잘생긴 닭이 초가지붕 위를 자기 집 안방처럼 돌아다니고 있었다.

축축한 흙을 밟고 집 안으로 들어가 여기저기 기웃거렸다. 방 안으로 고개를 디밀고 킁킁거리는 것을 잊지 않았다. 이렇게 생긴 집에서는 언제나 한결같이 옛날 냄새가 났다.

성 입구에서 간단하게 읽어본 안내판에 따르면 천주교 박해의 역사가 있기도 한 곳이라는데 그래선지 옆에는 옥사도 있었다. 한 무리의 사람들이 곤장 체험을 해보라고 만든 듯한 형틀 앞에서 장난스럽게 시늉을 내고 있었다. 여기저기 사진 찍는 이종수를 곁눈으로 바라보며 재빠르게 검색을 했다가 조선 후기 진행된 천주교 탄압으로 이곳에서 희생된 사람들

* 검색해보니 이만여 평의 규모라고 한다.

이 천여 명에 달한다는 문장을 읽었다. 곤장이 절대 가벼운 형벌이 아니라는 이야기를 들은 것이 갑자기 떠올랐다. 맞다가 뼈가 드러날 수도 있고, 평생을 일어나지 못하고 앉은뱅이 신세로 살기도 한다고. 물론 목숨도 잃는다고.

그 이야기를 떠올린 것이 조금 후회가 됐다. 나는 서둘러 검색창을 닫았다. 포졸들, 관직을 맡은 자들, 죄인들, 일반 백성들의 모형이 이곳에서 가짜로 생활하고 있었다. 하나같이 어설퍼서 다행이었다. 너무 실제 같았다면 나는 좀 많이 슬퍼졌을 것이다. 이집들과 인형들의 분명한 조악함이 내가 슬픔에 몰입하는 것을 막아주었다. 어쩌면 이곳은 애초에 약간 어설프고 촌스러운 풍을 잃지 않도록 조심하면서 만들어진 것일지도 모른다. 보는 사람들이 너무 깊이 슬퍼지지 않도록 말이다.

이종수와 나는 끝까지 계속 걸어갔다. 야트막한 언덕이 나오더니 작은 소나무 숲길이 나타났다. 구불구불한 나무 기둥들이 기이하면서도 멋스러워 한참 보았다. 군사적 중심지여서 그런지 대포들도 전시가 되어 있고 활을 쏴볼 수 있는 활 체험장도 있었으나 사진만 찍고 시도하지 않았다. 대신 연을 날렸다. 확

트인 들판으로 돌아와보니 제법 많은 사람들이 연을 날리고 있었다. 어떤 아이의 실패를 다루는 옹골진 손놀림을 잠깐 보고 있었는데 이종수도 같은 걸 보았는지, "그렇지, 잘하네. 저렇게 해야 연이 안 떨어져" 하면서 알은체를 했다.

"이종수도 연 날릴 줄 알아?"

"어릴 때 좀 날렸지."

"그럼 날려봐."

우리는 노란 비닐 연을 샀다. "간다!" 하고 달려나간 이종수는 끔찍하게 연을 못 날렸다. 얼마나 못 날리는지 보다 못한 어떤 아저씨가 다가와서 도와줄 지경이었다. 나는 연을 파는 가게 옆에 놓인 의자에 앉아 쌀쌀한 겨울바람을 맞으며 이리저리 허우적대는 이종수(연알못)와 이종수를 돕는 이름 모를 아저씨를 눈으로 따라다녔다. 그것도 오래 하니 지치는 일이었다.

"이제 가자."

내가 말했다. 이종수는 "다음에 또 날려봐야지" 하고 연과 실패를 조심스럽게 정리했다. "그냥 버리자, 너 안 할 거잖아." 내가 말했지만 "할 거야!"라는 대답이 돌아왔다.

꽤 오랜 시간 성 안에 머물다 나왔는데도 아까 그 가게 앞 행렬은 여전히 길었다. 소화가 좀 된 듯도 싶었다.

줄의 끝에 섰다. 행렬에 동참하고 보니 이 줄의 회전율이 굉장히 빠르다는 것을 알았다. 삼십 분도 안 걸려서 우리는 줄의 앞을 향해 가고 있었다. 가게 앞에 점점 가까워지면서 나는 많은 것을 파악했다. 이 가게의 이름이 '읍성분식'이라는 것. 백 퍼센트 포장 손님만 있다는 것. 메뉴는 떡볶이와 오징어튀김, 김말이튀김, 오뎅뿐이라는 것. 근데 사람들은 대체로 '떡볶이 일인분에 오징어 튀김 일인분 혹은 이인분'을 가장 많이 주문한다는 것. 사장님 혼자서 끊임없이 튀김을 튀기고 떡볶이를 새로 조리해가면서 거의 즉석으로 제공해주고 있다는 것. 모든 메뉴가 파격적으로 저렴하다는 것. 그리고 떡볶이 일인분의 양이 아까 먹은 브라질 모듬떡볶이 수준으로 어마어마하다는 것. 나는 이종수에게 걱정스럽게 말했다.

"양이 너무 많다. 분명히 다 남길 텐데. 어떡하지."

이종수는 말했다.

"조금만 달라고 말씀드리면 되지 않을까."

그러나 그 부탁이 쉽지 않아 보였다. 사장님은

튀김 앞으로 갔다가 떡볶이 앞으로 갔다가 하며 쉬지 않고 움직이고 있었다. 아마도 떡볶이와 튀김을 혼자서 동시에 만들 수 있도록 오랜, 정말 오랜 시간을 거쳐 체화시킨 최적의 동선일 것이다. 그것은 거의 퍼포먼스처럼 보였다.

퍼포먼스를 건드릴 수는 없다. 사람들의 주문은 다들 조심스러웠다. 그들은 짧고 간단하게 주문을 마치고는 다들 입을 꾹 다물고 사장님의 움직임을 얌전히 응시하다가, 현금을 지불하고, 비닐봉지에 담긴 떡볶이와 튀김을 들고서 신속하게 자리를 피했다.

내 차례가 되었다.

"떡볶이 일인분하고 오징어튀김 일인분을 주문하려고 하는데요, 저, 저희가 다 못 먹을 것 같아서 그러는데요, 혹시 떡볶이를요, 정량으로 다 주지 마시고 그냥 조금만 주시면⋯."

내 말이 지나치게 길어지고 있다는 것을 깨달은 순간, 아니나 다를까, 갑자기 퍼포먼스가 멈췄다. 거대한 기계가 작동을 멈춘 것처럼 주변이 일순 조용해졌다. 내 뒤의 긴 행렬이 모두 나를 주목하는 것을 나는 예민한 뒤통수로 느낄 수 있었다.

사장님은 한숨을 쉬었다. 그리고 다음과 같이 말했다.

"내가 죽어야 혀."

충격적 답변에 나는 기절할 것 같았다.

"네?"

사장님이 뒤이어 말했다.

"만약에 내가 뒤지믄 그건 다 언니 탓이유."

"네???"

떡볶이랑 튀김을 받아 드는데 눈물이 날 것 같았다. 난 대체 얼마나 커다란 잘못을 한 것일까. 군산으로 내려가는 차 안에서 우리는 떡볶이와 오징어튀김을 먹었다.

이종수가 내 눈치를 보며 말했다.

"맛있다… 그치…?"

나는 충격과 공포에서 헤어나오지 못한 채로, 그러나 너무 맛이 좋다는 감각만은 살아 있는 채로 묵묵히 오징어튀김과 떡볶이를 입안으로 연신 밀어넣었다.

한참 뒤에 정말 우연히 유튜브로 어떤 옛날 동영상을 보았다. 최양락(코미디언)과 남희석(코미디언)의 '레전드 충청도 개그'였다.

가격 흥정 상황극이 펼쳐지고 있었다. 패널 중 한 명이 물건 사는 사람 연기를 했다.

"사장님, 이거 좀만 깎아주시면 안 돼요?"

충청도 상인 역을 맡은 최양락은 다음과 같이 말했다.

"내비둬유. 소나 줘버리게."

나는 충청남도 서산시 해미면 '읍성분식' 사장님의 화법을 그제야 이해할 수 있었다.

당근도, 양파도, 토마토도, 버섯도

작년(2018년) 12월, 나는 베지테리언이 되었다.

처음 한 달 정도는 '비건'으로 지냈다. 소고기, 돼지고기, 닭고기 등 모든 육류뿐 아니라 해산물, 유제품, 꿀까지 끊었다. 약 한 달간의 짧은 비건 체험으로 내가 느낀 것은 한국에서 균형 잡힌 식사를 하면서 건강한 비건 베지테리언으로 살기 위해서는 최소한 두 가지 중요한 조건이 충족되어야 하는 것 같다는 점이었다. 첫째, 본인이 무척 부지런한 성격이어야 하며 둘째, 스스로 조리해서 식사하는 생활이 일상으로서 보장되어야 한다.

직접 요리해 먹는 생활이 보장되지 않는 환경인데다가 특별히 부지런하지도 않은 나는 비건으로 지내는 것이 여간 힘든 일이 아니었다. 바깥에서 식사를 하면서 비건식을 지키는 것이 특히 그랬다. 다른 사람들과의 단체 식사 자리는 슬그머니 피하면서 편의점에서 산 두유와 견과류, 바나나로 허기를 대충 때우고 집에 돌아와 주체할 수 없이 폭식을 하는 건강하지 못한 비건 생활을 거친 뒤, 나는 나의 생존과 내가 구축한 사회성을 지키기 위해 '페스코' 베지테리언으로 다시 타협했다. 그리고 2019년 10월 현재, 나는 여전히 페스코 베지테리언으로 잘 살고 있다고 말할 수 있을까? 사실은 잘 모르겠다.

베지테리언을 구분하는 여러 단계 가운데 나의 위치는 어디라고 할 수 있을까. 집에서는 비건에 가까운 엄격한 베지테리언이고 바깥에서 식사를 할 때는 페스코 베지테리언이라고 할 수 있지만 여러 사람들과 함께 식사하는 자리에 동참하여 먹을 수 있는 게 없을 때 별 수 없이 고기를 그냥 먹기도 하는 나는 베지테리언을 선언하기 이전 '플렉시테리언'이었던 시절과 여전히 다를 게 없는 건 아닌가 싶은 자괴감이 들 때가 있다.* 게다가 나의 채식 생활에는 좀 복잡한 문제가 하나 더 있는데 그것은 내가 베지테리언이라는 사실이 참 고통스럽다는 점이다.

나에게는 베지테리언 친구들이 몇 명 있다. 그들은 자신의 베지테리언 라이프를 굉장히 훌륭하게 실행하고 있다. 그 생활에 대한 자족도도 상당히 높아 보인다. 이슬아(작가)는 엄마와 함께 비건 베지테리언이 되면서 매 끼니 엄마가 해주는 신선하고 맛있는 비건 음식을 양껏 먹을 수 있다는 이점을 인정했

---

* 처음에는 모질게 고기를 지양한다고 밝히고 나와 함께 식사하는 일행들을 조금 수고롭게 하기도 했는데, 점점 타인이 나 때문에 불편해지는 상황을 견딜 수 없게 되었다.

다. "솔직히 나는 너무 팔자 좋은 비건이 아닌가 해"
라고 이슬아는 말했다. 팟캐스트 동료인 양다솔 역시
비건 베지테리언이다. 내로라하는 부지런쟁이인 데
다가 요리에도 굉장히 적극적이어서 다양한 비건식
을 얼마나 잘 챙겨 먹는지 모른다. 자신의 정체성을
밝히는 일에도 거침이 없다. 팟캐스트 녹음 스태프들
과 함께 식사를 할 때 소극적 베지테리언인 내가 대세
가 가자는 대로 따라가 내 선에서 먹을 수 있는 최선
의 메뉴를 주문하고 있노라면 양다솔은 어딘가에서
사온 샐러드를 내 앞에 부스럭부스럭 펴놓고 당당한
염소처럼 열심으로 야채를 사극사극 썹어 먹고 있다.
    내가 상당히 불균형적인 식사를 하고 있는 베지
테리언이라는 것을 안 양다솔이 어느 날 기습적으로
싸준 도시락을 먹던 여름밤을 잊을 수 없다. 운동을
마치고 집으로 돌아와 샤워를 하고 양다솔이 싸준 보
온 도시락을 열었더니, 거기엔 정체불명의 나물로 만
든 향긋한 전과 직접 만든 양념간장, 그리고 고기를
넣지 않고 끓인 미역국이 들어 있었다. 양다솔은 매
일 이런 걸 혼자 해먹는구나. 이슬아는 매일 엄마가
이런 걸 해주겠구나. 고맙고 든든하면서도 어쩐지 양
다솔(부지런한 베지테리언)과 이슬아(즐거운 베지테
리언)에게 이상한 질투심이 일던 저녁식사였다. 왜

나는 이들처럼 화기애애한 베지테리언이 될 수 없는
지.

　나는 고기가 먹고 싶어 힘든 베지테리언이다.
매일 고기 생각이 난다. 돼지고기도, 소고기도, 닭고
기도, 오리고기도, 양고기도 먹고 싶다. 순대국, 해장
국, 다양한 고기육수를 들이켜고 싶다. 생선도 우유
도 계란도 요거트도 진짜 원 없이 먹고 싶다.

　그러나 나는 알고 말았다. 평생 새끼 낳는 일만
반복하면서 정작 자신의 새끼들과 교감할 시간은 조
금도 허락되지 않는 어미 돼지들이 몸을 움직일 수조
차 없는 감금틀 안에 갇힌 채 거기서 용변을 보고 그
위에서 잠이 든다는 것을. 그저 인간이 먹기 좋은 고
기가 서둘러 될 수 있도록 새끼 돼지들은 성기가 거세
되고 이빨이 뽑히고 꼬리가 잘린다는 것을. 좁은 철
창 안에서 닭들 역시 부리가 잘린 채 살아간다는 것
을. 자연 상태에서 연간 삼십여 개의 알을 낳는 것이
정상인 닭들이 한 해에 강제적으로 낳는 알은 삼백여
개라는 것을. 그렇게 부화한 병아리 중 수평아리들
은 알을 낳지 못해 상품성이 없다는 이유로 태어나자
마자 갈려 죽는다는 것을. 살아남은 병아리들은 성장
촉진제 때문에 아직 병아리의 얼굴이면서 몸은 닭만
큼 커진다는 것을. 소들은 절대 티브이에 나오는 우

유 광고에서처럼 초원을 유유자적 누비며 키워지지 않는다는 것을. 오로지 우유와 고기를 위해서만 존재하는 물건으로 참혹한 환경에서 사육되고 잔인하게 도살된다는 것을.*

결국 도살되어 사람에게 먹힐 운명이라고 해서 이 모든 잔인하고 비윤리적인 행위들을 정당화할 수는 없다. 아무리 고기를 좋아하더라도 내가 먹는 고기가 어떻게 만들어지는지 알게 된 이상, 도저히 옛날처럼 기쁘고 신나게 먹을 수는 없다. 나는 죄책감 없는 육식을 원한다. 그것을 위해 베지테리언이 되는 것을 선택했고 그래서 매일 끙끙대며 징징댄다.

내 책방에서 한동안 아르바이트를 했고 지금은 동네 친구가 된 원성희는 오랫동안 페스코 베지테리언으로 살고 있다. 하루는 내가 그에게 감자탕이 먹고 싶다고 징징댔다. 며칠 뒤 원성희는 자기 집으로 나를 초대해 고기가 들어가지 않은 감자탕을 만들어

---

* 동물에게 행해지는 잔인한 행위 외에도 지금의 공장식 축산 시스템은 지구의 환경을 총체적으로 파괴하고 있다. 나는 그 파괴 행각의 일부의 일부만을 언급했다. 같은 아무튼 시리즈 가운데 이에 대해 자세히 이야기하는 책이 있어 소개한다. 『아무튼, 비건』이라는 책이다.

주었다.* 은은한 들깨향이 입안에서 퍼져나가던 그 순간 얼마나 행복하고 흥이 났던지 그때가 아침 열한시라는 것도 잊어버리고 나는 그 집에 있던 먹다 만 와인에 손을 뻗었다. 결국 우리는 백주대낮부터 얼큰해지고 말았다.

베지테리언으로 살면서 내 식생활의 일부를 제한하고 있지만, 그리고 그 제한한 영역에 대한 갈망이 있지만 전체적인 식사의 스펙트럼은 오히려 무척 넓어진 것을 느낀다. 대부분의 야채를 심각할 정도로 잘 먹지 않았던 나는 베지테리언이 된 후, 매 끼니 챙기던 고기 반찬 대신에 채소 반찬을 억지로 먹어야만 했는데 그러면서 채소의 맛을 하나하나 배워갔다. 지

---

*   고기가 들어가지 않으면서 감자탕 맛이 나는 감자탕 재료와 조리법을 궁금해하는 분들이 분명히 계실 것 같아 원성희가 엄청나게 대충 알려준 레시피를 그대로 옮겨보겠다.
필요한 재료는 무, 당근, 호박, 감자, 표고 외 이런저런 버섯, 숙주나물, 깻잎, 중국 마트에서 파는 마라소스, 고춧가루, 국간장, 연두(조미료), 들깨가루, 마늘, 생강, (기호에 따라) 봄동, 배추, 양배추. 만드는 법은 다음과 같다.
1 무, 감자, 당근, 버섯을 먼저 물에 넣고 빠글빠글 끓인다.
2 마라소스, 고춧가루, 국간장을 넣고 빠글빠글 끓인다.
3 수시로 먹어보면서 나머지를 슬금슬금 넣는다.

금은 당근도, 파도, 양파도, 애호박도, 가지도, 깻잎도, 연근도, 피망도, 아스파라거스도 맛있게 잘 먹는다. 고기가 들어가지 않은 음식의 맛이란 어딘가 분명 모자랄 거라고 생각하던 단단한 오해도 지금은 완전히 없다. 계란과 버터가 들어가지 않고도 충분히 맛있는 빵이 있다. 고기가 들어간 것보다 심지어 더 맛있는 고기 없는 김치만두, 육개장보다 더 깊은 맛이 나는 채개장도 있다. 물론, 떡볶이도 얼마든지 비건으로 즐기는 것이 가능하다.

나는 떡볶이도 비건에 가깝게 먹을 수 있다는 걸 '채식한끼'라는 어플리케이션을 통해 알았다. '채식한끼'는 내가 있는 곳 주변의 채식 식당을 찾아주는 어플리케이션인데 주로 익숙지 않은 동네에서 끼니를 해결해야 할 때 사용하곤 했다. 그것을 아침부터 떡볶이가 당기던 어느 날 아침, 침대에 누운 채로 심심해서 켜보았다. 검색창에 '떡볶이'라고 쳐보았더니 기대하지 않았는데 두 개의 상호가 떴다. '카우떡볶이'와 전골떡볶이 '덕미가'. 둘 다 이화여대 근처에 있었다. 일단은 '덕미가'에 먼저 가보기로 했다. 때마침 늘 맛있는 걸 사주려고 마음먹고 있었던 뮤지션 오소영이 생각나 문자를 보내보았다.

"언니, 나 비건 떡볶이 먹으러 갈 건데 올래요올래요?"

오소영은 방금 일어났다고 했다. 아쉽지만 다음을 기약했다.

지하에 위치한 '덕미가'는 널찍했다. 산뜻한 주황색 벽에 포스트잇이 굉장히 정신없고 빽빽하게 붙어 있었는데 그것이 묘하게 식욕을 자극했다. 중국 관광객들에게도 인기가 많은 곳인지 한자가 적힌 포스트잇이 눈에 많이 띄었고 비건 베지테리언이 적은 듯한 포스트잇도 중간중간 눈에 띄었다.

메뉴를 보니 다양한 메뉴 가운데 토마토떡볶이와 버섯야채떡볶이 옆에 녹색 폰트로 'vegan' 표시가 되어 있었다. 버섯야채떡볶이 일인분을 주문하자 주문받는 분께서 익숙하게 비건이냐고 물어오셨다. 비건식으로 주문하면 어떻게 나오느냐고 묻자 치즈, 계란, 오뎅, 라면사리가 빠지고 대신에 야채를 비롯해 다른 속재료들을 더 넉넉하게 담아주신다는 답변이 돌아왔다.

즉석떡볶이의 완성은 볶음밥이라고 고등학교 시절 '먹쉬돈나'*에서 배웠다. 그러나 나는 배가 너무

* 서울 종로구 북촌의 작은 떡볶이집이었지만 꾸준히

부른 나머지 끝내 '즉떡' 섭취자의 의무를 다하지 못했다.

한 달 뒤, 나는 오소영에게 다시 한번 문자했다. 지난번 나의 성급함을 떠올리고 하루 전에 해보는 연락이었다.

"언니, 내일 뭐 해요, 지난번에 못 먹은 떡볶이 먹으까!"

다행히 오소영에게서 허락이 떨어졌다. 동료 뮤지션 박나비도 함께하기로 했다.

다시 방문한 '덕미가'에서 나는 지난번에 혼자 버섯야채떡볶이를 먹었다고 강조함으로써 자연스럽게 토마토떡볶이를 주문하도록 유도했다. 버섯야채떡볶이가 풍성한 청경채의 녹색 이미지로 기억에 남았다면 토마토떡볶이는 붉은 토마토 슬라이스가 즉각적으로 시선을 빼앗았다. 시선을 빼앗은 것을 무심결에 호명하는 인간의 버릇을 우리 셋은 모두 가졌다. 와 바다다, 와 눈이다, 하듯이 우리는 떡볶이가 나오자 거의 동시에 이렇게 외쳤다.

사람들의 사랑을 받으며 현재는 수도권을 중심으로 많은 체인점이 생길 만큼 성장한 떡볶이집이다. 1990년대 종로구에서 고등학교를 다녔던 나는 '먹쉬돈나'가 유명하기도 전의 원조 고객이었다.

"와 토마토다."

토마토떡볶이는 버섯야채떡볶이보다 훨씬 맛있었다. 왜였을까. 토마토가 가진 특유의 감칠맛이 떡볶이를 더 맛있게 한 것일까. 나는 혼자가 아니라 셋이 먹어서 그런 게 아닐까 하고 예상하고 있다. 오소영이 나에게 "토마토랑 떡이랑 같이 먹어봐, 정말 맛있어"라고 말해주었기 때문에. 박나비가 "몽당몽당한 떡이 너무 말랑말랑하고 쫀득쫀득해서 너무 맛있다"라고 의태어를 막 남발했기 때문에. 떡볶이 안에 있던 큼직하고 매운 고추 조각들이 얼핏 할라피뇨로 보여서 맞는지 일일이 먹어볼 때마다 오소영과 박나비가 나를 묘기 부리는 서커스단원 보듯 하면서 "오오오" 소리를 냈기 때문에. 그리고 우리가 부른 배를 부여잡고 기어이 밥까지 볶아 먹으며 맡은 임무를 끝까지 마쳤기 때문에. 그래서 그렇게 떡볶이가 맛있었나 보다고.

주변에 앉은 손님들도 비건 메뉴를 많이 시켰다. 우리처럼 확실히 비건식으로 주문한 사람이 있는가 하면, 누군가는 "저는 치즈만 좀 뿌려주세요" 하고 주문했다. 좀 더 많은 식당에서 이렇게 비건 옵션의 메뉴를 발견할 수 있게 되기를 바란다. 매번 비건 음식점을 힘들게 검색하지 않아도, 그냥 아무 음식점에 들어가도, 그곳의 메뉴판에 고기가 들어간 메뉴와 고기가 들어가지 않은 메뉴가 사이좋게 많았으면 좋겠다. 고기가 아니어도 만족스러운 식사가 더 쉽게 가능해졌으면 한다. 사람에게도, 동물에게도, 지구에게도 좋은 일일 것이다.

볶음밥까지 다 먹고 계산을 하면서 사장님께 혹시 떡볶이에 할라피뇨가 들어가는지 물어보았다. 사장님은 그건 그냥 일반 고추라고 대답하시곤, 나를 물끄러미 바라보더니 말했다.

"손님 근데 되게 요조 언니를 닮았다."

영스넥이라는 떡볶이의 맛의 신비

'우정'이라는 것에 대해서 이야기해야 한다면 나는 꼭 어떤 애의 이름을 말해야만 한다. 그 이름은 김상희(친구)라고 한다. 나는 얘를 초등학교 5학년 때 만났다. 학교 뒤 공터에서 각자의 친구들과 따로 놀다가 어찌저찌 말을 텄던 것으로 첫 만남을 기억하고 있다. 그리고 나서 6학년 때 거짓말처럼 같은 반이 됐다.

우리는 친하게 지냈다. 다만 약간의 특이사항이 하나 있었는데 그것은 김상희(원수)가 나를 따돌렸다는 점이다. 좋아하는 남자애도 같았고 유머 코드도 잘 맞아서 숨넘어가게 웃어가며 잘 놀다가도 김상희는 결정적인 순간에 늘 뒤통수를 치면서 내가 널 따돌리고 있다는 걸 잊지 말라는 점을 분명히 했다. 이제는 너무 오래전 일이라 가물가물하지만 그 와중에도 생각나는 몇 가지 기억이 있다.

하나, 학급신문에 내가 글을 기고하거나 하면 학급신문을 꾸미는 일을 맡았던 김상희는 나 몰래 나를 놀리는 게 분명한 그림들—(내 긴 얼굴형을 암시하는) 오이나 땅콩, 내 콧구멍—을 내 원고 사이사이에 그려 넣었다. 완성된 학급신문을 받아 들고 내가 부들부들하는 것을 김상희는 좋아했다.

둘, "신수진 은근히 착하지 않냐"라는 질문은 김상희의 리트머스 멘트였다. "그렇다"라고 대답한 애들은 김상희가 놀아주지 않았다.

셋, 졸업 앨범을 찍을 때 김상희와 그의 동료들은 자기네 사진을 다 찍고 난 뒤에도 가지 않고 카메라 주변을 얼쩡대다가 순서가 되어 내가 카메라 앞에 앉자 카메라 뒤에 숨어서 나를 향해 "웃지 마, 웃기만 해, 보조개 생기니까 웃지 마" 하고 진지하게 협박했다.

내가 조금이라도 예쁘게 찍히는 것을 막기 위한 그들의 고군분투를 비롯해서 나에게 한 일련의 일들은 이제 와 생각해보면 다 귀여운 데가 있었다. 그러나 그때는 헬로키티 같은 거나 귀여운 줄 알았지 인간의 아이러니하고 복잡한 귀여움에는 미처 눈을 뜨지 못한 상태였다. 나는 김상희의 귀여움을 전혀 알아차리지 못했다. 그저 '나를 따돌리는 쟤가 난 왜 밉지 않을까'라고만 생각했다.

우리는 초등학교 이후 내내 다른 학교에 다녔지만 연락을 유지하며 가깝게 지냈다. 중학교에 입학하면서 김상희의 따돌림도 멈추었다. 함께 공유하는 친구들은 거의 없었지만 대화가 겉돌지는 않았다. 서울의 강북 중고등학교의 천편일률적인 영향권 아래에서 우리는 성적도, 집안 사정도, 하고 있는 고민도

다 거기서 거기였다. 이번 시험에는 무슨 과목을 망쳤고, 어떤 연예인이 좋고, 나는 얼굴이 너무 길고(크고), 뭐 그런 이야기들을 하다가 각자 다른 대학에 진학했다. 나는 불어를 공부했고 김상희는 중국어를 공부했다. 대학교를 졸업하자마자 우리는 우리의 전공 언어를 깨끗이 잊었다.

그리고 우리는 조금씩 분명하게 다른 삶을 살았다. 각자의 삶의 궤적이 본격적으로 벌어지고 대화는 확실히 겉돌기 시작했다. 여전히 연락을 멈추지는 않았지만 그 텀은 점점 길어졌다. 우리는 각각 다른 문제들을 가장 중요하다고 생각하게 되었다. 상대방의 문제에는 헛발질을 했다. 예컨대 나는 김상희를 만날 때마다 그가 결혼을 영영 못하고 노처녀로 늙어갈까 봐 전전긍긍하고 있는 것을 이해하지 못했다. 김상희도 내가 곡이 잘 안 써진다고 울적해하는 것이 영 답답한 눈치였다. "곡을 꼭 네가 만들어야만 해? 남한테 그냥 받아서 앨범 내면 되잖아." 김상희는 말하곤 했다. 김상희는 싱어(singer)가 아니라 싱어송라이터 (singer-songwriter)의 정체성을 지켜나가고 싶은 신수진에 대해 잘 몰랐다. 여성의 쓸모를 '나이'와 '결혼'에서 찾게끔 설계되어 있는 직장이라는 사회조직 속에서 살아가는 김상희에 대해 직장생활을 한 번도 해본 적 없는 내가 알지 못하듯 말이다. 그럼에도 불구하고 우리의 관계 안에는 구심이 있었다. 그 하나의 구심 때문에 점점 멀어지는 각자의 삶 속에서 서로를 점점 몰라가면서도 태연하게 상대방을 가장 오래된 친구라고, 나를 가장 잘 아는 친구라고 말하는 것이 가능했다고 생각한다. 그 구심은 떡볶이집이다.

서울 상계동 노원역 근처 노원프라자빌딩 지하 1층에 있는 '영스넥'*이라는 떡볶이집을 먼저 알려준 것은 김상희(친구)였다.

김상희와 나는 늘 '영스넥'에서 만났다. 보통은 '영스넥'에 가기 위해 '영스넥'에서 만났다. 그러나 목적이 '영스넥'이 아닌 경우에도 우리는 '영스넥'에서 만났다. 영화 보러 갈 때도 '영스넥'에서 떡볶이를 먹고 나서 영화를 보러 갔고, 술을 마시기 위해 만나도 일단 '영스넥'에서 떡볶이를 먹고 술을 마시러 갔다. 그 시간이 얼추 이십 년이다.

나는 그 사이에 뮤지션으로 데뷔했고, 이제 '영

---

* '영스넥'이라고 검색하면 노원프라자빌딩 지하 1층이 나오고 '영스넥'이라고 검색하면 다른 가게가 나온다. 혹시 나중에 찾아가실 분들은 착오가 없기를 바란다.

스넥' 안에는 내 사인이 두 개나 붙어 있다. 김상희는 나랑 '영스넥'에 올 때마다 열패감에 젖은 얼굴로 말한다.

"우리가 여기 드나든 지 어언 이십 년인데 말이다, 너는 여기 사인이 두 개나 붙어 있고, 사장님은 내 얼굴을 아직도 못 알아보신다. 내가 너보다 더 자주 왔는데!"

나는 VVIP의 혜택을 톡톡히 누린다. 사장님은 내가 올 때마다 탄산음료를 서비스로 주시거나 직접 담그셨다는 매실 음료 같은 것을 주신다. 그때마다 김상희는 역시 말한다.

"나 혼자 오면 이런 것도 안 주신단 말이다!"

어쩐지 김상희(원수)에게 수난당했던 나의 초딩 시절을 이제야 보상받는 듯한 기분이 든다.

나는 '영스넥'을 단순히 내가 제일 오랫동안 다닌 맛있는 떡볶이집쯤으로만 언급하고 넘어갈 수는 없다. 대략 이십 년의 시간이면 내 인생의 반이다. 지금까지 살며 섭취한 나의 끼니들이 나를 이루는 지분이 될 수 있다면 아마도 '영스넥'의 떡볶이는 첫 번째 엄마의 밥, 두 번째 내가 차려 먹은 밥에 이어 세 번째 영역을 차지할 것이다. 뿐만 아니라 김상희라는 한 사람을 나의 가장 오래된 친구로, 또 가장 각별한 친구로 매듭지어준 곳이기도 하고 말이다. 나는 김상희와 '영스넥' 사장님, 이렇게 셋이서 함께 이야기를 나누어보고 싶었다. 그래서 사장님이 김상희의 얼굴도 이제부터 기억했으면 했다. 그리고 나와 김상희 역시 그냥 떡볶이라는 음식을 먹으러 오갔던 시절을 넘어 그것을 만드는 사람에 대해서도 좀 더 알은체를 할 수 있었으면 했다. 우리는 이십 년이나 드나들었으면서 아직 사장님의 이름조차 모르고 있었다.

김상희는 군말 없이 퇴근하고 '영스넥'으로 왔다. 우리는 조용하고 신속하게 늘 시키던 모듬볶이를 비웠다. 이번에도 직접 담근 매실청을 우리에게 건네는 사장님에게 나는 같이 이야기를 나누고 싶다고 조심스럽게 말씀드렸다. 귀찮거나 부담스러워 거절하실 수도 있을 거라고 생각했지만 "아유 내가 뭐 할 말이 있어" 하고 말씀하시면서도 대뜸 옆자리에 앉으셨다.

나는 김상희를 정식으로 소개했다.

"처음에 이 친구가 여길 알려줬어요."

김상희는 "제가 더 영스넥 오래 다녔어요, 제가" 하며 생색을 냈다.

사장님 알아요, 오래 다닌 친구라는 거 얼굴 보면 알지.

김상희 거짓말 마세요. 한 번도 알은척 안 하셨잖아요!

사장님 내가 원래 알은척을 잘 안 해.

나 김상희랑 저랑 진짜 고등학생 때부터 얼마나 자주 왔다고요.

김상희 여기 처음 오픈하신 게 언제세요?

사장님 2000년도 4월에 오픈했지. 인제 딱 이십 년이네.

나 ?

김상희 ?

사장님 ?

나 2000년도면… 우리 스무 살….

김상희 이상하다, 우리 고등학생 때부터 왔는데…?

나와 김상희는 우리가 고등학생 때부터 온 것이 맞다고 조금 더 고집을 부리다가 사장님께서 장사를 시작하면서 받은 권리증 이야기까지 나오자 그제야 입을 다물었다. 사장님은 원래부터 있었던 '영스넥'을 인수 받아 이어서 장사를 하셨다고 했다. 그러므로 우리가 고등학생 때부터 왔다면 아마도 이전 사장님이 하셨을 때 왔을 가능성도 있었다. 그러나 우리가 처음 왔을 때부터 지금의 사장님이 계셨고, 그렇다면 우리는 정말로 스무 살 때부터 이곳에 드나든 것이 맞았다. 아무렴 장사를 시작한 사람의 기억이 틀릴 리가 있을까. 잠깐이지만 고집을 부렸던 것이 심하게 어리석게 여겨졌다. 그리고 그보다도 충격적이었던 것은 내가 그동안 자주 떠올리곤 했던 기억, 각자 다른 교복을 입고 마주 앉아 모듬볶이를 먹는 김상희와 내 모습, 그것이 실제가 아니라 내가 만들어낸 허구의 이미지라는 사실이었다. '영스넥' 벽에 코팅까지 되어 붙어 있는 내 사인에도 "고등학생 때부터 단골이었다"는 멘트가 적혀 있다. 뇌는 우리의 기억을 제멋대로 조작한다더니, 소름 돋을 만큼 사실이었다. 조만간 내 사인의 대대적인 교체 작업이 필요하겠다고 생각했다.

나 우리가 잘못 기억했나 봐. 사장님께서 딱 오픈하시고 나서 저희가 온 건가 봐요. 그럼 저희가 완전 오픈 멤버네요.

사장님 그랬구나…. 아이구 처음 시작할 때는 뭐 뭔 줄도 모르고 그냥 했지, 죽인지 밥인지 지금 생각하면은.

김상희 그때부터 맛있었어요, 엄청.

나 다른 음식들도 이렇게 맛있게 잘하세요?

사장님 딴 음식은 못해요, 하도 안 해서 인제는.
이것만 해 이것만. 반찬도 사서 먹고.

나 처음 가게 시작하실 때 이야기 좀
들려주세요.

사장님 그때 많이 힘들었지.

나 처음이라서 손님이 별로 없었나요?

사장님 아니, 손님은 계속 많았어요. 처음에
여기 오면서 투자한 돈도 금방 뽑았어요.
아침부터 저녁까지 일 오래 해서. 지금은 좀 늦게
나오지만 그때는 아침부터 했거든.

김상희 그럼 어떤 문제로 힘드셨어요?

사장님 그냥 그때 삶이 힘들었어요. 삶이
힘들면 사람이 거칠어져. 우리 집이 그렇게
편안한 가정이 아니라 여러 가지로 힘들고, 내가
애들 아빠하고 따로 살거든, 모든 걸 다 내가
책임져야 하니까 굉장히 힘들었죠. 정신을, 계속
날을 세우고 살았지.

내가 아들하고 딸하고 있는데 우리 아들이
얌전하고 속 썩이는 일이 없었어. 그런데

고등학교 들어가서 입학식 첫날에, 학생
주임이라나 뭐라나, 그 사람이 장발이라는 이유로
애 머리를 잡아가지고 땅에다가 내리꽂았다는
거야. 아주 모욕을 당했지, 그런 취급을 안 받고
살다가. 그 이후에 삼 년을… 힘들게 살았어.
아들이 그때부터 선생님하고는… 아주 늘 개기는
거지.

　　그때가 내가 장사 딱 시작할 즈음이었어. 학교
몇 번 불려갔죠. 아들하고 같이 몰려다니는
애들은 부모들이 와서 다 자퇴서를 썼어요. 나는
아주 끝끝내 자퇴서를 안 썼어요. 여기서 애
자퇴하면 인생 끝난다고 이를 악물고 버텼지.
담임한테 도와달라고 계속 부탁하고 사정하고.
그 양반이 엄청 다혈질이거든. 나중에는 내가
하도 끈질기게 쫓아다니니까 정성에 감복해서
나를 도와주더라고. 아들이 3학년 올라갈 때 다른
선생님 담임으로 만나서 또 무슨 안 좋은 일이
생기면 어쩌나 그게 내가 걱정이 되어가지고, 또
옛 담임한테 연락해서 좀 도와달라고 했어요.
복도에서든지 어디에서든지 애를 멀리에서
보시면 아는 척 좀 해주시고 끌어안아주시고
용기 좀 주시라고 그랬어요. 근데 선생님이 정말

약속을 지킨 거야!

3학년 되어서 얼마 되지 않았을 땐데, 누가
뒤에서 부르더래. 보니까 옛날 담임이더래.
가까이 다가오길래 목인사만 했대요. 그랬더니
선생님이 끌어안아주면서 넌 잘할 수 있다고,
선생님은 너 믿어, 그러면서 등을 두드려주더래.
나중에 아들이 엄마, 내가 선생님을 오해했나 봐,
그러더라고요. 나중에는 맘잡고 공부 착실하게
했어요.

나 아드님이 이런 이야기 다 아세요?

사장님 자세하게는 모르지, 말 안 했죠.

나 ….

사장님 정말 이 세상 엄마들이 다 그럴 거예요.
나는 건드려도 자식 건드리면 못 참아요. 그런데
그 입학식 날 아들 그렇게 한 그 선생한테
내가 뭐라고 하면 애가 학교에서 생활하는 데
조금이라도 불이익이 되지 않을까 싶어서 참았죠.
지금도 분해. 너무 분해요. 아들이 졸업하고 졸업
앨범 가져왔을 때 아들보다도 그 선생 얼굴을
먼저 찾아봤어요. 이름을 아직도 외우고 있어요.

아들이 대학교 들어가서 1학년 휴학하고 군대에
갔는데 그 옛날 담임선생님한테 전화가 왔어요.

아들 근황 알려드렸더니 깜짝 놀라시더라고. 대학교 못갈 줄 알았는데 갔다면서. 그때 선생님이 그거 다 어머니 공이라고 하시더라고. 근데 나는 하늘에서 도운 거 같아요.

김상희 정말 사장님 공이 맞는 것 같은데요.

사장님 그런데 그 시절이 다 지나가고 나니까 나중에는 제가 마음이 아주 지옥 같았어요. 정작 아들이 힘들 때는 정신적으로 스트레스고 뭐고 몰랐어. 그냥 어떻게 수습을 하지 그것만 생각했죠. 내 마음을 돌아볼 여유가 없었어요. 그런데 그 시절이 지나고 아들이 맘잡고 대학 잘 가고 나한테도 너무 착실하게 잘하는데, 내가 아무 일도 아닌 거에 화가 벌컥벌컥 나고 아들 하는 짓이 매사 마음에 안 들었어요. 매일같이 일기에 아들 험담을 썼어요. 그때 내가 15층 살았는데, 베란다에 서서 '여기서 떨어지면 죽겠지' 하면서 내다보고 그랬어요.

근데 내가 이 일기들 써놓은 거 보면서, 혹시 내가 죽고 나서 우리 아들이 이걸 읽게 된다면 얼마나 상처를 받을까, 내 형제들이 괜히 아들을 미워하진 않을까, 그런 생각이 들더라고요. 재활용 내놓는 날 일기를 다 버렸어요. 정말

이렇게 살다가는 미칠 것 같아서 내 발로 교회에
갔죠. 지금 생각하면 우울증이었던가 봐요.
그 힘든 일을 다 겪고 아들도 이제는 엄마한테
너무 잘하는데 나는 왜 이렇게 불만이 많은지,
이건 나한테 문제가 있는 거다, 그래서 간 거죠,
교회에. 거기서 제가 많이 변했어요.

이제 아들하고 부딪힐 일도 없어요. 얘는
옛날이나 지금이나 똑같았어요. 내가 변한 거지.
요새는 몸은 엄청 아픈데 그래도 인제는 마음은
편해요.

나 몸 어디가 안 좋으세요?

사장님 뭐 여기저기 아파. 오늘도 치과 가서
임플란트 철심 박고 왔어요. 당뇨, 혈압도 있고,
고지혈증도 있고. 매일 출근하기 전에 이 건물에
있는 한의원 가서 침 맞고 물리치료도 받고
그러고 오지.

나 몸이 안 좋으시다니까 이제 그만 일하시고
좀 쉬셨으면 좋겠다 싶은데, 그러면서도 가게가
오래오래 열려 있었으면 좋겠고… 복잡한
마음이네요.

사장님 그래도 일하니까 몸이 덜 아픈 거라고
봐요. 그리고 나이 든 사람보다도 학생들

상대하는 게 스트레스가 없어서 이 일을 지금까지 하고 있는 것 같아요. 나이 든 사람들은 쓸데없는 말이 많아. 이걸 하면서 난 그걸 배웠어. 어른이 문제지 애들은 잘못 하나도 없어. 노는 애들도 문제가 없다고 생각해.

나 아, 그래요?

사장님 학교에서 노는 애들은 눈빛이 달라. 제가 친절을 베풀잖아요? 그러면 친절로 받아들이질 않고 저 아줌마가 왜 저러나 이런 눈빛으로, 이상한 눈빛으로 본다고. 그래도 좋은 점을 보려고 하지. 물론 나쁜 점을 보려면 볼 수도 있지만 좋은 점이 더 많잖아, 누구든지. 그래서 좋은 점만 보고 좋은 점을 얘기해줘, 애가 듣거나 말거나.

김상희 어떻게요?

사장님 애들이 용감하다고 그래야 되나 자신이 넘친다고 그래야 되나, 노는 애들 중에 그런 애들이 많아요. 자신감이 넘쳐서 너무 보기 좋다고, 잘 쓰면 사회에서 인정 받고 살 것 같다고 얘기해주지.

어떤 애는 자기 엄마 욕을 해. 첨엔 몰랐지. 나중에 "지가 엄마라고…" 이래서 알았지. 그

애 얼굴을 아직도 기억해요. 그다음에 오면 내가 잘해주고 그랬어. 그런 애들한테 더 잘해줘, 나는. 그런 성격 가진 애들은 학교에서 선생들한테 이쁨 못 받아요. 나는 장사하려고 잘해주는 게 아니에요. 물론 첨에는 눈빛이 좀, 좋은 말을 하려고 그래도 눈에 힘을 주고 그냥 쏘아보고 그러지만, 그래도 내가 더 잘해주고 더 알은척하고 그랬어. 그런 학생이 지금 결혼한 사람도 있거든요. 어머, 그렇게 선할 수가 없어. 아주 예의도 바르고. 그런데 지금은 알은척 안 해요. 알아도 알은척 안 해.

몸 닿는 데까지는 병원 다니면서 하고 싶어요. 그러다 정 안 되겠다 싶으면 그만해야지. 그런데 지금은 옛날보다 편해요. 옛날에는 사람이 너무 많았는데 지금은 덜하거든요.

나 옛날이나 지금이나 비슷한 것 같은데… 손님이 줄었나요?

사장님 왜냐하면 학생들 수 자체가 줄었어요, 옛날에 비해서. 요즘 우리 집에는 교복 입고 오던 학생들이 결혼해갖고 가족하고 와요. 지금 삼십대, 사십대 됐지.

정말 그랬다. 내가 '영스넥'에 들를 때마다 어른 손님의 비중이, 가족들의 비중이 점점 많아지는 느낌이었다. 나는 그냥 이제는 많이 유명해져서 학생들뿐 아니라 어른들도 가족들도 자주 찾는 곳이 되었나 보다, 생각했는데 그게 아니었다. 모두 나와 김상희 같은, '영스넥'과 같이 자란 사람들이었던 것이다.

그렇게 오랫동안 노원프라자빌딩 지하 소굴을 오갔던 사람들은 아마 '영스넥'과 더불어 또 하나의 떡볶이집을 기억할 것이다. '영스넥'과 민망하리만치 딱 마주 보고 있던 '미도분식'.

처음 김상희가 나에게 '영스넥'을 알려주었을 때부터 나는 그 가게가 신경 쓰였다. 솔직히 가장 먼저 든 생각은 여기는 장사가 될까, 라는 생각이었다. '영스넥'의 떡볶이가 너무나 맛있었기 때문에 '미도분식'은 (먹어보지도 않았으면서) 게임이 안 될 거라고 생각했다. 그러나 그게 아니었다. 나중에 풍문을 통해 알아본바 노원의 떡볶이 전문가들은 이미 영스넥파와 미도파로 나뉘어 각각의 가게에 충성을 다하고 있었던 것이다. 의리를 강조하는 경향이 있는 나는 김상희에게 우리는 '영스넥'으로 입문했으니까 '미도'에는 가지 말자, 정 가고 싶으면 함께 가자, 라고 말했고 김상희도 동의했다. 그러나 나중에 김상희

(원수)는 우리의 맹세를 배신하고 혼자 '미도'에 출입하게 된다.* 나는 김상희를 향한 배신감과 드디어 '미도분식'에 들어갈 수 있는 명분을 얻었다는 쾌감을 동시에 느끼며 얼마 뒤 '미도분식'에 조심스레 들어가 떡볶이 일인분을 먹었고 '영스넥'과는 결이 다른 독자적 맛있음에 무척 감동을 받아 김상희의 배신도 얼결에 용서해버리게 되었다. 그리고 앞으로 이곳에도 김상희(친구)랑 같이 와봐야겠다고 생각했다. 그러나 '미도분식'은 아쉽게도 없어졌다.

나 미도분식은 이사한 건가요, 아니면….

사장님 아니, 그냥 정리하신 거예요.

김상희 저 그동안 그거 되게 궁금했어요. 미도분식 사장님하고는 사이가 어떠셨는지.

나 나도 나도.

사장님 주인이 많이 바뀌었어요, 저 자리가. 맨 첨에는 교회였다가, 그담에는 보신탕집이었다가, 이번 주인이 가장 오래 했지. 나랑은

---

* 김상희는 '영스넥'에 자리가 없어서 자기도 어쩔 수 없는 선택을 했을 뿐이라며 아직까지도 변명에 열을 올린다. 궁색하다.

동갑이었어요. 사이도 괜찮았어요.

나 그래도 라이벌이었을 텐데 견제 같은 거 안 하셨어요?

사장님 내가 라이벌이라고 생각 안 하지. 어떤 학생들이 와갖고 자기네들끼리 여기랑 미도랑 양대 산맥이니 라이벌이니 그러길래, 내가 떡볶이 갖다주면서 "라이벌 아닙니다" 그랬지. (웃음) 어떤 날은 내가 몸이 좀 안 좋다고 하면 미도 사장이 이참에 자기 매상 좀 올리게 일찍 퇴근하시라고 농담도 하고 그렇게 지냈어요.

사장님의 이야기를 들으며 시선을 테이블 위에 뜻 없이 두고 있는데, 테이블 위에 예전엔 미처 주의 깊게 보지 못했던 스티커들이 눈에 들어왔다. 거기에는 포장도 가능하다는 설명과 함께 계좌번호가 적혀 있었다. 그 계좌번호의 예금주는 '김경숙'. 사장님의 이름이었다.

나 사장님 성함이 '김경숙'이셨군요.

사장님 네. 제일 흔한 이름. 우리 아들은 저를 "경숙 씨, 경숙 씨" 하고 불러요.

김상희 이제 떡볶이 포장도 되는구나! 원래 안

됐잖아요.

사장님 인제 포장도 해줘요. 왜 그렇게 됐냐 하면, 남자 손님들이 와가지고 우리 아내가 임신을 해서 입덧을 하는데 여기 떡볶이가 먹고 싶다고 그런다는 거야. 그래서 퇴근길에 집에 가면서 사다 주려고 남편들이 그렇게 가게에 왔어요. 오랫동안 포장 없이 가게를 해왔는데, 이제는 안 되겠다 싶더라고. 그래서 이제 포장도 해주고 있어요.

나는 어느 건물 지하의 오래된 가게에서 떡볶이를 먹으며 어른이 된 사람들을 생각했다. 그들 중 어떤 어른들은 자신들이 먹고 자랐던 음식을 다시 찾아 먹으며 자신을 닮은 자식을 품고 조용히 엄마와 아빠가 되어가고 있었다. 그리고 어떤 어른들은 이미 그 과정을 지나 가족이라는 모습으로 다시 이곳을 찾고 있다. 이 작은 가게에서 얼마나 커다랗고 아름다운 것이 쑥쑥 뻗어나가고 있는지 김경숙 씨는 알고 있을까.

나 아드님하고 따님뿐 아니라, 떡볶이로 계속 많은 사람들을 키우고 계시네요.

김상희 진짜. 노원구의 어머니.

사장님 (웃음)

나, 김상희 (웃음)

사장님 아직 둘 다 결혼 안 했죠?

나, 김상희 네.

사장님 자식을 낳아야 돼.

김상희 결혼이 중요한 게 아니고 지금 자식이 더 중요하서, 우리 사장님.

사장님 자식을 낳아야 돼. 안 그럼 외로워요. 아휴, 우리 아들도 얼른 결혼을 해야 되는데 자꾸 생각이 없다고 그러네.

나 아드님 나중에 혹시 결혼하시게 되면 제가 축가 불러드릴게요.

사장님 어머나, 어머나, 정말?

김상희 아드님이 요조 음악 안 좋아할 수도 있어.

나 맞네.

김상희 그러고 보니 여기 도배도 싹 다시 하셨네요. 예전에 온갖 낙서들로 꽉 차 있었는데.

사장님 도배하기 전에 사진이라도 하나 찍어둘 걸 그랬어. 액자로 만들어놓을걸. 그 생각을 못했어.

김상희 너무 깔끔해져서 섭섭해요.

나 아, 여기 낙서 중에 "요조 언니 팬이에요", "요조 언니 저도 여기 단골이에요" 이런 낙서들도 있었는데. 아쉬워.

사장님 근데 이거 이렇게 해놓으니까 낙서를 안 하네요. 누구 한 사람이 시작해야 되는데 하는 사람이 없어.

진즉에 이런 시간을 가질 것을 그랬다.

시간이 많이 흘러 있었다. 우리가 먹었던 음식 그릇 위 떡볶이 양념이 바싹 말랐다.

김상희와 사장님은 많이 가까워진 것처럼 보였다. 두 사람은 서로에게 조금씩 참견하고 있었다. 병원에 다니며 쉬었던 보름 남짓한 때를 빼고는 오래 쉰 적이 한 번도 없었다는 사장님에게 김상희는 어디든 여행을 다녀오시라고 자신의 부모님과 다녀온 여행 경험을 알려주었다. 직장생활을 하다 보니 늘 많이 참고 산다는 김상희에게 사장님은 너무 참지 말라고, 한번은 들었다 놓을 줄 알아야 사람들이 우습게 보지 않는다고 조언했다.

나는 두 사람의 다정한 간섭을 흡족하게 들으면서 우리가 먹은 음식 그릇을 정리했다. 사장님은 "아냐 내가 할게. 만지면 손에 묻어, 만지지 마셔" 하고 다급하게 외쳤다.

아주 옛날 내가 어릴 적에 어떤 남성이 등장해서 여러 마술들의 비밀을 하나하나 까발려주는 방송이 있었다. 그 남성은 검은 복면을 착용했는데, 마술사들의 소위 영업 기밀을 폭로하는 것이므로 자기의 신변을 이렇게 보호해야 한다고 했다. 그 아슬아슬함 때문인지 방송은 인기가 아주 많았다. 그러나 마술을 좋아하던 나는 오히려 내가 평생 마술을 보며 느낄 행복이 훼손당하는 기분이었다. 나는 일부러 그 방송을 보지 않았다. 저 복면 남성이 어서 정체가 탄로 나서 다른 마술사들에게 흠씬 두들겨 맞았으면 좋겠다고 생각했다. 나는 외면하는 방식으로 내가 사랑하는 것을 지켰다.

이곳에 따로 적지 않은 '영스넥'의 또 다른 많은 사실들을 알게 됐다. 나는 이제 김경숙 사장님이 정기 휴일인 토요일마다 어디에 가시는지 안다. 노후를 구체적으로 어떻게 보내고 싶어 하시는지, 앞으로 가게는 어떻게 운영하고 싶은지, 고등학교 시절 잠시 속을 썩였던 아들과 이제는 얼마나 친하고 살갑게 지내는지도.

나는 앞으로 김상희와 함께 김경숙 사장님과 더

가깝고 돈독한 사이가 되고 싶다. 아무렇지 않게 안부를 묻고, 경사를 축하해주고, 묻지 않은 이야기도 시시콜콜하게 먼저 털어놓고 싶다. 다만 앞으로 아무리 가까워지더라도 '영스넥' 떡볶이 맛의 비밀만큼은 마술의 비밀을 외면했듯 고개를 돌리고 있을 작정이다. 사장님께서 알려주실 리도 없겠지만 나 스스로도 흉내 내보려는 일체의 엄두를 내지 않을 것이다.

나와 김상희의 이십 년은 '영스넥'이라는 떡볶이의 맛의 신비 때문에 가능해진 현실이었다. 만약 내가 이 맛의 비밀을 알게 된다면, 그래서 내가 집에서도 '영스넥' 떡볶이와 비슷한 맛을 낼 줄 알게 된다면, 내 이십 년의 현실이 어쩐지 무참하게 시시해질 것만 같다.

‘난 괜찮아’라고 말할 수 있는 것

계약서를 쓰면서 원고가 마무리되면 다 같이 코펜하겐 떡볶이를 먹자고 조소정(위고출판사 대표)과 약속한 것이 벌써 옛날 옛적이다. 마감을 여러 번 어겼다. 그때마다 조소정은 마치 아이를 달래듯이 나에게 이런 문자를 보내곤 했다.

"요 형, 우리 얼른 책 다 쓰고 코펜하겐 가서 떡볶이 먹어야죠."

얼른 마치고 떡볶이 먹자. 내 부탁 들어주면 대신 떡볶이 사줄게. 나를 향한 회유는 이런 식일 때가 많다. 설마 고작 떡볶이에 매번 휘둘리는 건 아니겠지, 라고 생각하겠지만 대체로 언제나 휘둘린다.* 떡볶이라는 다소 사소한 미끼를 덥석 물어 버릇하는 것은 떡볶이에 대한 파블로프 조건반사이기도 하지만 동시에 내가 심각한 '의미 중독자'이기 때문이다.

"이 맛 좋은데" 네가 말한 7월 6일은 샐러드
기념일.

---

* 물론 나는 호구가 아니다. 떡볶이로 부탁하기에 덩치가 큰
부탁으로 여겨지는 경우 나는 상대에게 진지하게 반문한다.
몇 번 사줄 건지.

의미 중독자가 아니면 쓸 수 없는 다와라 마치의 『샐러드 기념일』이라는 단가집 속 저 한 줄 문장은 내가 이십대 시절 열심히 읽고 또 모조리 까먹어버린 여러 책들 가운데 꿋꿋하게 기억 속에 살아남아 있다.[*] 나는 기념하는 마음으로 먹는 모든 음식을 사랑한다. 그 음식이 떡볶이라면 더더욱 사랑할 수밖에 없다. 나는 '코펜하겐'의 수수께끼를 풀 그날을 고대하면서 이 책의 매수를 묵묵히 채웠다. 그리고 드디어 오늘, 오늘은 바로 '코펜하겐 기념일'이다.

　　파주에 가기 위해 합정역 앞에서 2200번 버스를 탔다. 출판단지와 아울렛, 그리고 지금은 얼굴도 가물가물한 몇몇 남성들이 데이트하자며 어두컴컴할 때 데려온 헤이리 예술마을을 빼고 나는 파주에 대해 아는 것이 없다. 버스 안에서 내다본 파주는 생각보다 아주 크고 도시적이었다. 네이버 지도가 알려준 정류장에 내려서도 이십여 분을 더 걸었다. '코펜하겐 기념일'을 방해하지 않겠다는 듯 거리는 비현실적

[*]　　허밍어반스테레오의 〈샐러드 기념일〉이라는 노래의 가사는 이 시에서 영감을 받아 만들어졌다. 나는 스물세 살경 이 곡을 상당히 가증스럽게 불렀다.

으로 한산해서 걷는 동안 사람 구경을 몇 명밖에 하지 못했다.

'코펜하겐 떡볶이', 정사각형의 붉은 간판 안에 적힌 하얀 글자가 보이기 시작하자 별 수 없이 마음이 두근거렸다. 입구에 들어서자마자 내 눈에 뜨인 것은 가게 중앙 천장에 걸려 있는 거대한 덴마크 국기였다. 코펜하겐 떡볶이집에서 특별히 '덴마크적'인 뭔가를 발견하지는 못했다는 조소정의 말을 듣고 일단 대형 국기 같은 건 없겠다고 짐작했던 내가 너무나 처음부터 틀려버렸다.

조용히 민망해하며 가게 안으로 들어섰다. 오후 한 시 반, 아무도 없는 조용한 내부에는 감미로운 포크팝이 흐르고 있었다. "어서오세요" 하고 어떤 여자분이 가게 안쪽에서 나타났다. "조금 있다가 일행이 올 건데 그때 주문해도 될까요" 하고 물으며 나는 그에게서 어떤 '덴마크적' 분위기가 느껴지지는 않는지 티 안 나게 위아래로 재빠르게 훑었다. 그녀는 "그럼요. 편하게 계시다가 주문해주세요"라고 말하고 다시 주방 안으로 사라졌다.

나는 조소정과 이재현(위고출판사 대표 부부) 그리고 제하(달리는 공룡박사)를 기다리면서 찬찬히 가게 내에 또 다른 '덴마크적' 포인트가 없는지 여기저기를 면밀히 살펴보았다. 실내는 조금 어둡고 우아했다. 떡볶이 가게가 아니라 차분하게 맥주 한잔을 즐길 수 있는 펍 같다는 인상을 받았다. 칠판에 적힌 메뉴 가운데 덴마크콘치즈가 눈에 들어왔다. 저걸 시켜보아야겠다고 생각했다.

밖에서 걸어오는 조소정(제하 어머니)과 제하(달리는 공룡박사)가 보였다.

"먼저 와 계셨네요! 우리가 먼저 도착할 줄 알았는데."

조소정이 반갑게 인사했다.

"예상했던 것보다 제가 길을 빨리 찾았어요."

나는 말했다.

"어, 어디 갔지?"

바로 옆에 있던 제하가 보이지 않아 조소정이 두리번거렸다.

"저를 발견하고 다시 막 달려가던데요, 오던 길로."

조소정은 자리에 앉으며 "부끄러워 지금, 제하가" 하고 말했다. 그러곤 어떤 미소를 지었다. 나는 저 미소를 알고 있다. 백기녀(어머니)가 나를 향해 저렇게 웃던 것을 수없이 보았다. 실은 몇 달 전, 제주의

한 식당 주인아주머니도 나를 보고 똑같이 웃었다.

그날은 아점으로 콩국수에 탁주를 마셨다. 다 먹어갈 때쯤 주인장께서 마늘종을 다듬고 있는 것을 보았다. 약간 남은 탁주를 마저 마시면서 그걸 한참 동안이나 보았다. 나중에 계산을 하면서 "어쩜 그렇게 마늘종을 야곰야곰 신중하고 예쁘게 써세요" 하고 말했더니 주인장께서는 파란 부분만 골라 써느라 그렇다고, 노란 부분은 맛도 없고 보기에도 안 예쁘다고 파란 부분과 노란 부분을 직접 번갈아 보여주셨다. "요리를 잘 안 하다 보니 마늘종의 파란 부분이니 노란 부분이니 하는 것도 저는 지금 알았네요" 했더니 그때 주인장이 나를 보면서 꼭 백기녀처럼 웃었다. 나는 그 미소를 보면서 단번에 알았다. 이분이 지금 나를 엄청 한심하지만 귀엽다고 생각하고 있다는 것을. 지금 내 앞에서 미소를 짓고 있는 조소정도 나를 발견하자마자 오던 길로 후다닥 달려가버린 제하를 보면서 속으로 같은 생각을 하고 있을 게 분명했다.

조금 뒤, 제하는 이재현(제하 아버지)과 다시 나타났다. 커다란 아버지의 뒤에 숨어 한 걸음 한 걸음을 쭈뼛, 쭈뼛, 쭈뼛 다가오는 아이는 슬쩍 보아도 이 책을 계약하는 날 만났을 때보다 훌쩍 자랐다는 걸 한 눈에 알 수 있었다. 가슴팍에 갈색 얼룩이 크게 묻어 있었다. 학교에서 먹은 급식을 흘린 흔적이라고 조소정이 알려주었다. 그러고 보니 제하는 올해 초등학생이 되었다.

"제하야, 안녕! 여전히 달리기를 잘하는구나. 나 기억나니?"

내 말이 끝나기가 무섭게 "아니!"라는 대답이 돌아왔다. '너네 엄마한테는 나 기억한다고 했다는 거 다 알아, 요놈아.' 나는 조용히 웃었다.*

우리는 아주 간단하게 안부를 묻고 서둘러 주문했다. 배가 고팠다. 주문을 받으러 온 사람은 남자분이었다. 단골 손님인 조소정 가족과 그는 익숙하게 인사를 나누었다. 나는 얌전히 앉아 역시 재빠르게 그에게서 어떤 '덴마크적' 느낌을 발견해보려 애를 쓰고 있었다. 조소정은 순식간에 주문을 마쳤다. 떡볶이 중 사이즈, 솜사탕고로케, 달콤튀김무침, 덴마크콘치즈가 오늘 우리가 함께 먹을 감미로운 기념들이었다.

* 백기녀, 조소정, 그리고 제주의 콩국수집 주인아주머니가 지었던 그 미소 말이다.

식욕을 돋우기에 충분한 새콤한 샐러드가 먼저 아담하게 제공되었다. 야채와 두 동강 난 방울토마토 위에 흩뿌려진 발사믹 드레싱을 뒤적거리면서 내가 말했다.

"진짜 많이 컸는데 귀여운 것도 여전하네요, 제하."

언제나 얼굴이 조금 발그레한 것이 특징인 이재현이 대답했다.

"아, 네. 여전히 귀엽죠. 그런데 요즘 자꾸 형아 말을 써서."

'형아 말'이 뭔고 하니, 더 이상 귀여움이 느껴지지 않는 거칠고 툭툭 내뱉는 일련의 말들을 지칭하는 것이었다. 그리고 보니 얼마 전 조소정과의 카톡 대화가 떠올랐다. 곧 요조 이모랑 같이 떡볶이 먹자고 제하에게 전했다길래 "그애가 뭐라던가요" 하고 내가 물었더니 조소정이 이렇게 답을 보내온 것이다.

"'와우'라고 하더라고요."

'우와'가 아니라 '와우'였다. 두 글자의 순서를 그렇게 조합하기로 마음먹을 만큼 성장한 제하에게 나는 묘한 서먹함과 아쉬움을 느꼈다. 내가 아는 제하는 아직 "우와"라고밖에 감탄하지 못하는 애였는데…. 지금 내 눈앞에 앉아 있는 제하는 아들이 요즘

'형아 말'을 써서 고민이라는 말을 조심스레 하고 있는 아버지에게 퉁명스럽게 또 '형아 말'을 내뱉었다.

"아 몬 소리야."

"아냐, 아무것도 아냐."

이재현은 서둘러 손사래를 치며 난처한 듯이 웃었다.

제하는 불쾌해지기 시작한 것이다. 키가 크고 나이 든 사람들이 모일 때마다 자신을 내려다보면서, 허락 없이 머리통을 쓰다듬어 자기 머리카락을 흐트러뜨리면서 제가 못 알아듣는 줄 알고 이러쿵저러쿵 자기 이야기를 하는 것이, 한심하고 귀엽다고 생각하면서 자기 앞에서 어떤 미소를 짓는 것이 짜증나기 시작한 것이다. 아직도 밥 먹는 일이 서툴러 옷에 음식 얼룩을 흠뻑 묻히는 어설픈 작은 몸을 가지고 있지만 제하는 내가 짐작한 것보다도 더 빨리, 더 많이 자랐다는 걸 알았다.

"음, 제하야. 제하는 공룡 무지 좋아하잖아. 요즘은 어떤 공룡 제일 좋아해?"

화제를 돌려보려고 공룡 이야기를 꺼냈다.

"이제 안 좋아해. 그건 너무 유치해."

제하가 이렇게 대답했을 때, 나는 공룡도 아니면서 상처를 받았다.

잠시 할 말을 잃은 내 앞에 떡볶이가 대령되었다. 투명하고 자작한 육수에 떡과 재료들이 올려져 있었는데 떡볶이 소스에 가려 잘 보이지 않았다. 직접 만든 게 분명해 보이는 거칠고 카리스마 있는 빨간 고추장 소스가 총 지휘자처럼 재료들 위에 군림하듯이 올려져 있었다. 나는 뒤이어 등장하는 다른 여러 메뉴들과도 하나하나 의미심장하게 눈을 맞추었다. 그중 사각펜 위에서 지글지글 소리를 내며 훌륭한 자태를 뽐내던 덴마크콘치즈는 내가 내심 가장 기대했던 것이었다. 생김새도 맛도 정말 훌륭했다. 그러나 그것이 '덴마크적'인지는 장담하지 못하겠는데 내 생각에 그것은 그냥 너무나 '한국적'이었고 그리고 너무나 '제하적'이었다.

"제하가 이걸 진짜 좋아해요."

이재현이 말했다.

정말로 제하(달리는 콘치즈박사)는 떡볶이는 건들지도 않고 콘치즈만을 허겁지겁 먹었다. 나 역시 콘치즈를 너무 좋아하는 사람이지만 맛만 보고는 제하를 위해 더 이상 건드리지 않았다.

물이 끓고 고추장 양념이 녹아들어가면서 떡볶이의 디테일이 자세히 보이기 시작했다. 내가 좋아하는 유부가 잔뜩 들어가 있어 기뻤다. 당면과 오뎅, 콩

나물, 대파 사이로 보이는 기다란 밀떡의 모양새도 참으로 고왔다.* 충분히 끓은 떡볶이를 먹었을 때 나는 생각보다 다감한 맛에 놀랐다. 고추장 소스의 위용으로 보아 맵고 짠 자극적인 맛일 거라고 기대했는데, 아니었다. 아주 뜨겁지만 보드라운 전골을 먹는 것 같았다. 머릿속으로 내가 다니는 체육관 관장님이 잠깐 스쳐갔다. 그는 보통의 헬스트레이너가 그렇듯이 덩치가 우람한데 그가 쑥쑥 거친 숨을 내쉬며 운동하는 모습을 한 번도 본 적이 없다. 오며 가며 잠깐씩 마주치던 관장님은 언제나 쪼그려 앉아 화분에 화초를 심고 꽃을 들여다보고 있곤 했다. '우리 체육관 관장님 같은 맛이네'라고 생각하고 있는데 조소정이 물었다.

"맥주도 드셔야죠?"

나는 "물론이죠" 하고 대답했다. 전날 내가 과음해서 숙취 때문에 약속 시간을 한 시간 늦춘 걸 알면서도 그는 그런 사정 따위 개의치 않았다. 우리는 맥주를 두어 잔 마시면서 천천히 음식들을 다 먹었다. 맥주를 마시는 데에 솜사탕고로케와 달콤튀김무

---

* 개인 취향의 문제겠지만 나는 같은 밀떡이라고 해도 어슷썬 밀떡보다 원형으로 썬 밀떡을 선호한다.

침이 큰 활약을 했다. 밥까지 다 볶아 먹고 나서야 우리의 긴 식사는 끝이 났다.

식사가 끝나갈 때까지도 이곳에서 특별히 두드러진 '덴마크적' 명분을 찾는 데 실패한 나는 가장 확실한 방법을 시도하는 수밖에 없었다. 계산을 하고 있는 조소정의 뒤로 슬금슬금 다가갔다. 그리고 카운터에서 결제를 하고 계신 여자분께 조심스레 '코펜하겐 떡볶이'라는 가게 이름의 사연을 물어보았다.

"그냥 아무 의미 없는데⋯."

대답이었다. 옆에서 조소정이 아무 말 없이 망연하게 서 있는 내 옆에서 부연하기 시작했다.

"실은 저희 출판사에서 떡볶이에 대한 책을 쓰시는 저자분인데요, 예전부터 여기 오고 싶어 하셨어요. 특히 가게 이름을 왜 '코펜하겐 떡볶이'로 지었는지를 궁금해하시더라고요."

바깥의 웅성웅성한 공기를 느낀 남자분이 주방에서 불쑥 등장했다.

"저희가 가게 인테리어 준비하다가요, 컨셉 생각하다가 그냥 별 의미 없이 '코펜하겐 떡볶이'로 지었습니다, 하하."

존 메설리라는 미국의 철학자가 쓴『인생의 모든 의미』라는 책이 있다. "우리 시대의 주요 철학자, 과학자, 문필가, 신학자들이 삶의 의미에 관하여 쓴 백여 가지의 이론과 성찰들을 체계적으로 분류, 요약, 정리한 최초의 책"이라고 소개되어 있어 구입하기는 했지만 아직 읽어보지는 못했다. 아니, 솔직히 말하면 그 책을 물끄러미 바라보기만 해도 어떤 깨달음을 얻는 것 같은 기분이 들어서 읽고자 하는 마음이 잘 들지 않는다. 삶에는 의미가 있다, 아니다 의미 같은 거 없다, 팽팽하게 대척하는 이 똑똑한 사람들의 오백 쪽 넘는 주장들 앞에서 내가 의미에 대해서 생각하는 것이 무슨 의미가 있을까, 라는 말장난 같은 생각이 저절로 든다. 의미와 무의미는 정말이지 뫼비우스의 띠 같다. 경계를 도무지 나눌 수가 없다. 무의미한가 싶으면 의미하고 의미한가 싶으면 무의미하다. 제하(달리는 콘치즈박사)에게 완벽하게 무의미해진 공룡들이 제하(달리는 공룡박사)의 어린 시절을 증거하는 의미인 것처럼. 의미에 집착하는 의미 중독자라고 나를 설명하지만 정작 내가 아침마다 경험하는 것은 생의 무의미함인 것처럼.

"다음에 또 오시기 전까지 저희가 뭐라도 '코펜하겐'에 의미를 만들어놓겠습니다!"

남자 사장님의 넉살에 나는 정신을 차렸다. 와하하 웃으며 "괜찮아요, 괜찮아요" 여러 번 대답했다.

나는 정말로 괜찮았다.

돌아오는 버스 안은 사람으로 가득 찼다. 나는 통로에 선 채로 창밖을 바라보았다. 날이 어두워 창에는 내가 비쳤다. 나와 눈을 마주치다 말다 하면서 서울로 돌아왔다. 의미와 무의미가 제멋대로 뒤엉키는 삶 속에서 '난 괜찮아'라고 말할 수 있는 것, 다만 그것만이 중요하게 여겨지는 밤이었다. 제하(달리는 콘치즈박사)에게 잊혀진 공룡들도 잘 지내고 있을 것이다.

아무 떡볶이나 잘 먹으며 살아온 인생

인간적으로 그동안 떡볶이를 너무 과잉 섭취한 것 같다는 기분이 든다.

떡볶이에 대한 책을 쓰고 있다고 기회가 될 때마다 자랑을 했더니 내 주변 다정한 사람들은 어떻게든 나를 돕고 싶어서 만나기만 하면 늘 떡볶이집으로 안내하려고 했다. 떡볶이를 그닥 좋아하지 않는다는 사람조차도 밥 먹으러 가자면서 "떡볶이… 먹어야지?" 하고 말했다. 행복하다가도 부담스러운, 그리고 부담스럽다가도 행복한 시간들이었다. 과잉된 것은 섭취만이 아니었다. 어디 괜찮다는 떡볶이집을 알게 되면 어찌나 득달같이 제보들을 해주는지, 나는 자연스럽게 조금씩 떡볶이 맛집 인간 지도가 되어갔다.

"떡볶이 책 쓴다며. 우리 동네에도 완전 맛집 있어. 아차산역 근처에…."
"'신토불이'?"
"어? 응."

"증산동에 되게 맛있는 떡볶이 집이…."
"'맛있는 집 떡볶이'를 말하는 거라면 알고 있어. 근데 거기 일인분 양이 너무 많던데. 누구랑 같이 가야 할 것 같아서 아직까지 못 가고 있어."

"으응…."

떡볶이집 이야기만 나오면 부지불식간에 알은
척을 하고 있는 나를 보면서 뭔가에 대해 많이 알아가
는 사람은 조금만 방심하면 바로 재수 없어질 수 있다
는 것을 깨달았다.

한편 이 책을 쓰고 있다고 말하면서 나는 여러
번 어떤 눈빛과 마주하기도 했다. 그 눈빛을 어떻게
설명하면 좋을까. 그 눈들이 일관적으로 내뿜던 메
시지를 가장 간단하게 표현하자면, '어쭈'라고 해볼
수 있을 것 같다. "떡볶이에 대한 책을 쓰고 있어요"
라고 말하면 상대의 눈 속에서 발하곤 했던 '어쭈'의
빛. 그 빛을 쩌렁쩌렁하게 뿜으며 그들은 하나같이
나에게 이렇게 말하곤 했다.

"그렇다면 ○○ 떡볶이집은 가보셨겠지요?"

거길 가보지도 않고 네가 감히 떡볶이를 논할
것이란 말이냐, 라는 투로 말이다. 열에 아홉은 다 내
가 처음 들어보는 곳이었다. 나는 그때마다 "아, 아
뇨. 거기는 처음 들어봅니다…"라고 말끝을 흐리기
일쑤였다.* 나는 이 책을 쓰면서 내가 떡볶이에 대한

* 책을 좋아하는 사람도, 음악을 좋아하는 사람도 자신의

책을 쓸 자격이 있는지에 대한 고민을 장난처럼 해보기 시작했고 그러다가 슬슬 진지해져서, 나중에는 뭔가를 진정으로 좋아한다는 것이란 무엇인가까지 고민하기에 이르렀다.

내가 그동안 만나본 떡볶이를 정말 좋아하는 사람들에게는 하나같이 '기준'이 있었다. 밀떡이어야 한다, 쌀떡이어야 한다, 국물이 있어야 한다, 국물이 없어야 한다, 밀떡이더라도 시큼한 냄새가 나면 안 된다, 양념에 고추장을 쓰면 안 된다, 마늘을 꼭 넣어야 한다, 조미료가 들어가면 안 된다, 조미료가 들어가야 한다…. 그리고 그들은 자기만의 '기준'을 기준으로 다른 것들을 수용하지 않으려는 포즈를 취했다. 밀떡 옹호자들은 쌀떡을 쳐주지 않았다. 쌀떡 옹호자들은 밀떡을 쳐주지 않았다.

떡볶이라는 주제를 벗어나도 마찬가지였다. 어떤 것을 좋아하며 '기준'이 생긴 사람들은 그것에 반하는 영역을 거리낌 없이 거부했다. 멋있었다. 무엇이 옳고 그르냐는 중요한 것이 아니었다. 그저 그들

지적 허영심을 뽐내기 위해서 절대 대중적인 취향을 드러내지 않는다는 공식은 떡볶이의 세계에서도 통용되고 있었던 것이었다.

이 보여주는 딱 부러진 호와 불호의 오만함, 그 자체가 멋지고 근사해 보였다. 나도 그렇게 떡볶이를 좋아하고 싶었다. 그러나 나에게는 그런 오만이 없었다.

"요조 씨는 어떤 떡볶이를 좋아하세요?"

여러 번 질문을 받았다. 그럼 나는 대답했다.

"다 좋아해요!"

밀떡도, 쌀떡도, 매워도, 달아도, 불어도, 짜도.*

떡볶이뿐만이 아니다.

"요조 씨는 어떤 음악을 좋아하세요?"

그럼 나는 대답했다.

"다 좋아해요!"

"요조 씨는 어떤 책을 좋아하세요?"

그럼 나는 대답했다.

"다 좋아해요!"

다 좋아한다는 말의 평화로움은 지루하다. 다 좋아한다는 말은 그 빈틈없는 선의에도 불구하고 듣는 사람을 자주 짜증나게 한다. 또한 다 좋아한다는 말은 하나하나 대조하고 비교해가며 기어이 베스트

---

* 정말 맛이 없어서 처음이자 마지막으로 클레임을 넣었던 그 순간조차도 먹기는 또 잘 먹었던 것이다.

를 가려내는 일이 사실은 귀찮다는 속내가 은은하게 드러나는 제법 게으른 말이기도 하다.

그럼에도 불구하고 나는 이 오만 없는 좋아함에 그닥 불만을 가지지 않기로 했다. '다 좋아한다'라는 말에 진심으로 임하지 않았다면 이 책도 이렇게 묶이지 못했을 거라는 생각이 들었기 때문이다.

이 책 속에 등장하는 모든 사람을 나는 친구라고 생각했다. 부모님도, 출판사 대표님도, 초등학교에 갓 입학한 어린이도 모두 다 나의 친구였다. 이 책을 마무리하면서 나는 떡볶이보다도 모든 나의 친구들에게 더 깊은 감사를 표해야 할 것 같은 기분을 느낀다.

그중에서도 가장 고마운 사람은 나와 함께 2년째 팟캐스트를 진행하고 있는 장강명(작가)이다. 아무튼 시리즈의 필자로 제안을 받고 무엇에 대해 쓰면 좋을까 고민하고 있던 나에게 "요조님 떡볶이 좋아하시잖아요. 떡볶이에 대해 써보시는 건 어때요?" 하고 제안해준 사람이 바로 장강명이었다. '아무튼'이라는 글자 뒤에 '떡볶이'가 올 수 있었던 것은 정말로 장강명의 덕이다. 르포르타주 『당선, 합격, 계급』이라는 책에서 온갖 문학상을 싹쓸이하는 본인을 '나, 장강명'이라고 간능스럽게 표현한 것이 인상적이었던 나는 이 책에서 '나, 신수진'이라는 표현을 사용하며 장강명에 대한 존경과 감사를 표했다.*

아쉬운 점이 있다. 사실 이 책에 실으려다가 싣지 못한 이야기가 있다. 왜 모든 엄마들이 해주는 가정식 떡볶이는 밖에서 파는 떡볶이 맛을 내지 못하는가에 대해 쓰고 싶었다. 결국 조미료와 연관이 있을 거라는 심증만 품은 채 쓰는 데 실패하고 말았다. 얼마 전 부모님과 함께 식사를 하면서 떡볶이에 대한 책을 쓰고 있다고 말했다. 거기에 엄마 이야기도 들어간다고 했더니 백기녀(어머니)는 이렇게 말했다.

"엄마표 떡볶이가 얼마나 맛있는지에 대해서 쓰려고 그러는구나?"

나는 내가 왜 이 이야기를 끝내 완성하지 못했는지 통탄스러웠다.

아무 떡볶이나 잘 먹으며 살아온 평화롭고 단조로운 나의 인생 가운데 조금 재미있게 느껴지던 몇몇

*   이 책에는 '나, 신수진'이 총 세 번 등장한다. 가위바위보도 삼세번, 존경과 감사도 삼세번.

순간들의 기록이 당신에게도 재미있게 읽히기를 요행하며 이 글을 썼다.

　　예전부터 무라카미 하루키(작가)의 글을 읽을 때마다 그렇게 맥주가 당기곤 했다. 그의 책을 읽고 도저히 못참겠는 기분으로 캔맥주를 쩍, 하고 딸 때마다 이것이야말로 참 착실한 리뷰가 아닌가 하고 생각했다. 아마도 나에게 있어 이 책의 최고의 리뷰는 이 책을 읽고 난 당신의 바로 다음 끼니가 떡볶이가 되는 일일 것이다.

나를 만든 세계, 내가 만든 세계
'아무튼'은 나에게 기쁨이자 즐거움이 되는,
생각만 해도 좋은 한 가지를 담은 에세이 시리즈입니다.
위고, 제철소, 코난북스, 세 출판사가 함께 펴냅니다.

아무튼, 떡볶이

초판 1쇄 2019년 11월 25일
초판 9쇄 2024년 6월 30일

지은이 요조
편집 조소정, 이재현, 김아영
디자인 일구공 스튜디오
제작 세걸음

펴낸곳 위고
등록 2012년 10월 29일 제406-2012-000115호
주소 경기도 파주시 돌곶이길 180-38 1층
전화 031-946-9276
팩스 031-946-9277

hugo@hugobooks.co.kr
hugobooks.co.kr

ⓒ요조, 2019

ISBN 979-11-86602-50-8 02810